이 책을 재미있게 읽을
나의 소중한 친구

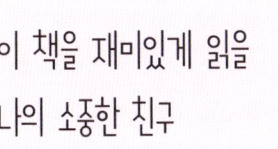

_____ 에게

요술 연필 페니 5 우주 비행의 꿈

초판 1쇄 발행 2022년 4월 15일

글쓴이 에일린 오헬리 | **그린이** 니키 펠란 | **옮긴이** 신혜경
펴낸이 홍성우 | **책임 편집** 김희전 | **디자인** 씨오디 color of dream
펴낸곳 기린미디어 | **등록** 2016년 4월 26일 제 409-2016-000009호
제조국 대한민국 | **주소** 경기도 김포시 모담공원로 17 | **사용연령** 8세 이상
전화 0505-302-2381 | **팩스** 0505-300-2381 | **전자우편** girinmedia@daum.net

ISBN 979-11-91142-48-8 74840
       979-11-91142-43-3 (세트)

Penny in Space
Text copyright ⓒ Eileen O' Hely
Illustrations copyright ⓒ Nicky Phelan
First published in the Ireland in 2009 by Mercier Press
All rights reserved.
Korean translation copyright ⓒ 2022 by GIRIN MEDIA
This Korean edition published by arrangement with Mercier Press, Ireland, through
EntersKorea Co., Ltd., Seoul, Korea.

* 책값은 뒤표지에 표시되어 있습니다.

* 파본이나 잘못된 책은 구입하신 곳에서 바꿔드립니다.

* 종이에 베이거나 긁히지 않도록 조심하세요. 책 모서리가 날카로우니 던지거나 떨어뜨리지 마세요.

⑤ 우주 비행의 꿈

요술 연필 페니

에일린 오헬리 글 · 니키 펠란 그림 · 신혜경 옮김

 기린미디어

차례

페니

스푸트니크

맥

검은 매직펜

수정액

사라

애쉴링

랄프　　　　버트

우주 캠프 선생님들

1

깜짝 발표

랄프의 필통 속은 여느 월요일 아침 풍경과 꼭 같았다. 일주일간 펼쳐질 멋진 학교생활을 위해 어젯밤 일찍 잠을 청한 필기구들은 아직 깨어날 줄을 몰랐다.

그런데 갑자기 종이 울리자 페니가 오른편에 누운 샤프 맥에게 물었다.

"저게 무슨 소리지?"

"음, 뭐라고?"

맥이 졸린 듯 웅얼거렸다.

"어머! 종이 울린 것도 모르고 꿈나라에 있었다니!"

페니가 자리에서 벌떡 일어나 꽥 소리를 질렀다.

"그렇다고 고함을 치면 어떡해. 다들 잘 수가 없잖아. 도대체 무슨 일이니, 페니?"

페니 왼편에 누워 있던 수정액이 말했다. 평소 현명한 품성답게 차분한 목소리였다.

"종이 울렸단 말이야. 너도 못 들었니? 곧 랄프가 필통을 열 거야. 어서 준비를 해야 한다고!"

다른 필기구들을 흔들어 깨우며 페니가 대답했다.

노란 색연필이 늘어지게 하품을 하면서 초록 색연필에게

물었다.

"지금 몇 시야?"

"이제 겨우 여덟 시야."

초록 색연필이 졸린 눈을 비비며 말했다.

"학교 수업은 아홉 시에 시작하잖아. 페니 저 녀석, 도대체 뭘 하려고 이렇게 일찍 우리를 깨우는 거야?"

"서머 타임인가? 왜 있잖아. 여름에 시각을 한 시간 앞당기는 '일광 절약 시간'인가 뭔가 하는 거 말이야."

초록 색연필이 고개를 갸웃하며 말하자 노란 색연필이 코웃음을 쳤다.

"1월 중순에? 그건 한여름에나 하는 거지."

곤히 자고 있는 연필들을 몽땅 깨우기 전에, 수정액이 나서서 페니를 말렸다.

"페니, 그만해. 학교 종소리가 아니었어. 우린 아직 랄프 방을 나서지도 않았는걸."

"그럼 무슨 소리였지?"

얼떨결에 잠에서 깬 지우개 얼룩이가 물었다.

"내 생각엔 현관 초인종 소리였던 것 같아."

수정액이 제법 심각한 표정으로 입을 열었다.

*

랄프가 아래층에서 시리얼을 먹고 있는데 '딩동' 하고 초인
종이 또 울렸다.

"랄프, 누가 왔는지 좀 나가 볼래?"

다림질을 하던 엄마가 랄프에게 말했다.

랄프는 벌떡 일어나 현관으로 갔다. 문 앞에 단짝 사라가
서 있었다.

"어, 웬일이야?"

랄프가 조금 놀란 듯 물었다.

사라는 랄프 집과 학교 중간쯤에 살았다. 그래서 보통 때
는 랄프가 학교 가는 길에 사라 집에 들르곤 했다.

"네가 혹시 늦지 않을까 해서 와 봤지."

사라가 두 눈을 반짝이며 대답했다.

"이제 겨우 여덟 시잖아……."

랄프가 헝클어진 머리를 긁적이며 중얼거리자 사라가 집

안으로 들어와 식탁에 자리를 잡고 앉았다.

"나도 알아. 그런데 지난 금요일 오후에 스워드 선생님이 말씀하셨잖아. 깜짝 발표가 있다고. 기억 안 나?"

랄프는 곰곰이 생각했다. 하지만 아무리 기억을 더듬어도 떠오르는 거라고는, 나무 몇 그루에 기어 올라갔던 일이랑 신나게 컴퓨터 게임을 한 게 전부였다.

"그게, 그랬던 것도 같고……."

랄프가 말끝을 흐렸다. 그러자 사라가 랄프를 다그쳤다.

"그러니까 얼른 서둘러! 절대 늦고 싶지 않단 말이야. 지난번처럼 초콜릿 크림 케이크를 주실지도 몰라."

섬유소가 강화된, 두꺼운 도화지 맛이 나는 시리얼보다 초콜릿 크림 케이크가 백만 배는 더 솔깃했다. 랄프는 눅눅한 시리얼이 담긴 접시를 엄마 몰래 개수대에 넣어 두고, 곧장 2층으로 올라갔다. 그리고 부리나케 이를 닦더니 가방을 들고 허둥지둥 내려왔다.

"엄마, 학교 다녀오겠습니다!"

랄프가 사라와 함께 현관문을 나서며 소리쳤다.

"깜짝 발표가 도대체 뭘까?"

사라가 부지런히 걸음을 옮기며 물었다.

"솔직히 난 잘 모르겠어."

랄프가 고개를 젓자 사라가 말했다.

"난 알 것도 같아. 도서관에서 책을 좀 찾아봤거든. 이번

주에 역사적으로 흥미진진한 사건들이 많이 일어났더라고.
공룡 화석이 처음으로 발견된 것도 이 무렵이었어. 그러니
까 어쩌면 자연사박물관 견학을 갈지도……."

"아니면 '쥬라기 공원'을 볼지도 모르겠다. 공룡 나오는 영
화 말이야!"

랄프가 신이 나서 외쳤다.

사라는 랄프가 자기 말을 끊은 게 기분이 나빴는지 살짝 눈을 흘기더니 말을 계속했다.

"어쩌면 아이작 뉴턴이 태어난 게……."

"그게 누군데?"

랄프의 질문에 사라가 한심하다는 듯 한숨을 내쉬었다.

"중력을 발견한 분이잖아. 그래서 유명한 과학자에 대해 조사하는 숙제를……."

이때 랄프 얼굴이 갑자기 환해졌다.

"놀이동산에 가서 중력 실험을 할 수도 있겠다. 롤러코스터를 타면서 말이야!"

"그건 아닐걸. 단체로 놀이동산에 가려면 먼저 부모님 동의서를 받아야 하니까."

사라가 뾰로통한 표정으로 말했다.

"박물관 현장 학습도 부모님 동의서가 필요하잖아. 그러니까 네 예상도 틀린 거네!"

랄프도 지지 않고 대꾸했다.

"그렇담…… 깜짝 발표는 뭐가 됐든 학교 안에서 하는 활

동인가 보다."

"맙소사! 혹시 페인 선생님이 돌아오는 거 아닐까?"

랄프가 제 이마를 찰싹 때리며 소리쳤다.

"아닐 거야. 스워드 선생님이 체육복 준비하라는 말씀 안 하셨잖아."

사라는 전에 보건 교사로 근무했던 무서운 페인 선생님을 떠올리며 고개를 설레설레 저었다. 랄프도 안도의 한숨을 내쉬었다.

"후유. 그럼 대체 뭘까?"

"나도 잘 모르겠어. 이제 학교에 거의 다 왔으니까, 곧 알게 되겠지!"

일찍 학교에 온 아이들이 운동장에서 뛰어놀고 있었다. 하지만 사라와 랄프는 운동장을 가로질러 건물 안으로 곧장 들어갔다. 그리고 교실을 향해 복도를 내달렸다.

"문이 잠겨 있어."

사라가 손잡이를 잡아당기며 한숨을 쉬었다.

"창문에 커튼까지 쳐져서 교실 안이 하나도 안 보여."

랄프도 투덜거렸다.

"혹시 쿨 경관, 릭 오셔 같은 깜짝 손님이 오는 건 아닐까? 벌써 안에 와 있는 거 아냐?"

신이 난 사라가 들뜬 목소리로 말했다.

"문이 잠겨 있는데 릭 오셔가 어떻게 안으로 들어가?"

"글쎄, 잘 모르지만 릭 오셔는 텔레비전에서 경관으로 나

오잖아. 그러니까 잠긴 교실 안으로 슬쩍 들어가는 방법쯤은 얼마든지 알고 있을 거야."

랄프는 포기했다는 듯 눈알을 굴렸다.

잠시 후 수업 시작을 알리는 종이 울렸다. 곧이어 복도를 걸어오는 스워드 선생님의 구두 소리가 또각또각 들려왔다. 교실 앞에 도착한 스워드 선생님이 잠금장치를 풀었다. 하지만 선생님은 운동장에서 뛰놀던 아이들이 모두 교실 앞에 모일 때까지, 문 앞에 딱 붙어 선 채 꼼짝도 하지 않았다.

드디어 교실 문을 열며 선생님이 말했다.

"기분 좋은 아침이네. 다들 즐거운 주말 보냈겠지? 자, 이제 '우주 학습 주일'을 시작해 볼까!"

2

우주 학습 주일

교실 문 앞에 최대한 바짝 붙어 있던 아이들은 눈앞에 펼쳐진 광경이 도무지 믿기지 않는 눈치였다. 그건 랄프와 사라도 마찬가지였다. 교실 전체가 별이 총총히 박힌 검은 천으로 뒤덮여 있었기 때문이다. 게다가 칠판에는 커다란 태양이 그려져 있고, 천장에는 끈에 매달린 여러 개의 행성들이 살랑살랑 흔들리고 있었다. 교실 안으로 발을 내디딜 때마다 마치 우주로 한 걸음씩 들어가는 기분이었다.

사라가 휘둥그레진 눈으로 교실을 둘러보며 말했다.

"이건 상상했던 것보다 훨씬 더 근사한걸."

"내일은 내 무선 조종 달 탐사 로봇을 가져와야겠어!"

랄프도 흥분한 목소리로 외쳤다. 그러자 말썽꾸러기 버트가 구시렁댔다.

"그럼 내가 너를 거기에 태워서 우주로 날려 보내 줄게."

랄프가 홱 돌아앉으면서 이죽이죽 웃고 있는 버트를 쏘아

보았다.

"뭐라고?"

"못 알아들었으면 직접 알아내 보셔."

버트가 심술궂게 말했다.

그때 스워드 선생님이 주의를 주었다.

"랄프! 얼른 앞을 봐. 그렇지 않으면 우주 학습 주일 내내 교장실에서 보내게 될 테니까."

랄프가 다시 돌아앉자 버트가 랄프 의자를 툭툭 차면서 키득거렸다.

"이번 주에 우리가 집중적으로 배우게 될 것은……."

"우주에 대해서요!"

루시 윌리엄스가 신이 나서 외쳤다.

"고맙다, 루시. 그래, 우리는 우주와 우주여행에 대해 배울 거야."

스워드 선생님이 미소 지었다.

"야호!"

랄프가 속삭이듯 외쳤다. 내일 토론 시간에 무선 조종 달 탐사 로봇을 가져오면, 틀림없이 보너스 점수를 받을 수 있을 것 같았다.

스워드 선생님이 얘기를 계속했다.

"너희들 모두 각자 로켓을 직접 디자인하는 숙제를 내 줄 거야. 기간은 금요일까지. 그리고 금요일 오후에는 정말로 우주에 갔던 분이 우리 교실을 방문하실 거야!"

아이들이 한껏 들떠서 재잘거리기 시작했다.

"자, 미래의 우주 비행사 여러분! 먼저 태양계에 대해 좀 배워야겠지. 태양계가 무엇인지 얘기해 볼 사람?"

반 아이들이 모두 사라를 쳐다보자, 평소처럼 사라가 손을 번쩍 들었다.

"다른 사람은 없니? 정확하지 않아도 괜찮아. 뭐든 생각 나는 게 있는 사람?"

스워드 선생님이 교실을 둘러보며 물었다. 하지만 아이들 은 선생님 눈길을 피해 모두 자기 책상만 뚫어지게 쳐다봤 다. 선생님이 사라를 향해 고개를 끄덕였다.

"그래, 사라가 대답해 볼까?"

"태양계는 태양과 그 주변을 돌고 있는 여덟 개의 행성으 로 구성되어 있습니다. 로마 신화에 나오는 태양의 신 이름 에서 태양계라는 이름이 유래되었습니다."

사라가 또박또박 말을 마치자 스워드 선생님이 흐뭇한 미 소를 지었다.

"고맙다, 사라. 이제 그 여덟 개의 행성 이름을 말해 볼 사 람?"

이번에는 제법 많은 아이들 이 손을 번쩍 들었다.

"시애라가 말해 보자."

선생님이 랄프와 사

라 앞에 앉은 여자아이를 가리켰다. 시애라는 천장에 매달린 행성 하나를 가리키며 말했다.

"토성이요. 고리를 가진 아주 예쁜 행성이에요."

"맞았어. 이번에는 말콤이 얘기해 볼까?"

"목성이요. 목성은 커다랗고, 붉은 점이 있어요."

스워드 선생님이 미소를 지었다.

"아주 좋아, 말콤. 덧붙여 말하자면, 그 붉은 점은 지구보다 훨씬 크단다. 이번에는 숀?"

숀이 교실이 떠나갈 듯 큰 목소리로 말했다.

"태양이요!"

스워드 선생님이 부드럽게 웃으며 말했다.

"씩씩하게 잘 대답해 줬는데…… 태양은 행성이 아니란다, 숀."

"그럼 뭔가요?"

숀이 시무룩한 표정으로 물었다.

"태양은 별이야."

"그럴 리가 없어요. 태양은 엄청나게 크고, 노란색이고, 낮에도 볼 수 있잖아요."

스워드 선생님이 고개를 끄덕였다.

"그렇지. 하지만 태양은 사실 아주 작은 별이야. 지구와 아주 가깝기 때문에 크게 보이는 것뿐이야."

"얼마나 가까운데요?"

랄프가 물었다.

"좋아. 그럼 모두 상상 모자를 한번 써 볼까?"

선생님 말씀대로 아이들이 모두 눈을 감고서 두 손으로 모자 눌러쓰는 시늉을 했다.

선생님의 설명이 시작되었다.

"태양은 지구에서 1억 5천만 킬로미터 정도 떨어진 곳에 있어."

랄프가 두 눈을 번쩍 떴다.

"전혀 가깝지 않은데요! 한 시간에 100킬로미터씩 간다고 해도 도착하려면……. 아무튼 무지 오래 걸리겠어요!"

"맞아. 하지만 빛의 속도로 여행하면, 그러니까 햇빛처럼 말이야. 그러면 8분이면 충분하단다."

"우아!"

아이들이 동시에 탄성을 질렀다.

"다른 별들은요? 다른 별까지는 얼마나 걸려요?"

사라가 물었다. 그러자 선생님이 잠시 생각하더니 설명해 주었다.

"음, 태양 다음으로 지구에서 가까운 별도 사실은 무척 먼 거리에 있어. 빛의 속도로 가도 4년은 걸릴 거야."

"완전 멀다!"

아이들 눈이 휘둥그레졌다. 모두들 우주의 엄청난 크기에 놀란 모양이었다.

"지구와 별 사이에는 뭐가 있어요?"

"아무것도 없어. 텅 비어 있지."

선생님은 루시의 물음

에 대답해 준 뒤, 아이들이 텅 빈 우주 공간을 상상할 수 있도록 잠시 기다려 주었다. 잠시 후 선생님이 손뼉을 짝 치며 말했다.

"자, 다시 태양계 이야기로 돌아가 볼까? 다른 행성의 이름을 아는 사람?"

"화성이요. 거기엔 화성인도 살고 있어요."

버트가 얘기했다.

"음, 화성인은 없다고 알려져 있지."

선생님이 그렇게 말하자 버트가 고집을 피웠다.

"하지만 영화에 무지 많이 나오잖아요. 화성인들은 녹색 피랑……"

"버트, 영화 속 내용이 모두 사실은 아니야. 예를 들어 볼까? 영화에는 말하는 동물이 많이 나오지만, 실제로 그런 동물은 없잖아. 그렇지?"

그때 시애라가 불쑥 끼어들었다.

"저희 삼촌은 말하는 앵무새를 키워요. 그 녀석은 못하는 욕이 없어요. 예를 들어 볼까요? 그러니까……"

"그럼 다시 태양계로 돌아가서, 또 어떤 행성들이 있을까?"

스워드 선생님이 얼른 시애라의 말을 막으며 화제를 돌렸다.

"지구요, 선생님."

사라가 손을 번쩍 들며 말했다. 그러자 선생님이 안도의 한숨을 내쉬었다.

"좋았어, 사라. 그리고 또?"

"명왕성이요."

이번엔 랄프가 대답했다. 그런데 선생님이 안타까운 표정을 지어 보였다.

"랄프, 아쉽게도 명왕성은 아니야. 예전에는 명왕성도 행성이라고 불렀어. 하지만 이제 천문학자들은 명왕성이 너무 작아서 행성이 될 수 없다고 생각해. 대신 '왜소행성'이라는 이름을 붙여 주었지. 자, 그밖에 또 어떤 행성이 있을까?"

아이들은 모두 입을 꾹 다문 채 조용히 앉아 있었다. 다른 행성의 이름이 생각나지 않는 모양이었다.

"아직 네 개나 남아 있는데."

스워드 선생님이 아이들을 격려했지만 아무도 선뜻 손을 들지 못했다.

교실을 죽 둘러본 선생님이 교탁으로 갔다. 그리고 책상 위에 놓아두었던 책들을 한 권씩 나눠 주기 시작했다.

"좋아. 그럼 지금부터 함께 공부해 보자. 이건 우주 학습 주일에 도움이 될 자료야. 우주에 대한 중요한 정보가 가득 담겨 있지. 물론 태양계의 나머지 네 행성 이름도 있어. 게다가 아주 특별한 우주 펜도 들어 있고."

스워드 선생님이 책을 나눠 주는 사이, 랄프가 사라에게 물었다.

"우주 펜이 뭐야?"

"중력의 방향과 상관없이 잉크가 나오는 특별한 볼펜이 래. 그러니까 누운 채로 하늘을 향해 글씨를 쓰거나, 무중력 상태인 우주에서도 사용할 수 있지."

사라가 책 표지에 쓰인 안내문을 읽으면서 알려 주었다.

"진짜 멋지다! 우리가 만들 로켓 안에서 시험해 볼 수 있을까?"

랄프가 감탄하자 사라가 한숨을 푹 내쉬었다.

"우리는 그냥 로켓을 디자인하기만 하는 거야. 그걸 타고 우주로 날아가는 세 아니고."

"혹시 누가 알아? 가능할지."

사라의 핀잔에도 랄프는 아랑곳하지 않았다.

"아무리 그래도, 이번 주 안으로는 불가능해."

사라가 고개를 절레절레 흔들었다.

"주말까지 열심히 하면 가능할지도 몰라. 디자인을 완성하기만 한다면."

사라가 랄프를 힐끔 쳐다봤다.

"랄프, 너 로켓 하나 만드는 데 얼마나 오래 걸리는지 알아? 또 그걸 우주로 쏘아 올리려면 얼마나 많은 연료가 필요한지 알긴 하는 거야?"

랄프가 두 눈을 껌뻑이며 물었다.

"아니. 로켓을 쏘아 올리는 데 연료가 얼마나 드는데?"

사라가 조그만 소리로 대답했다.

"나도 몰라."

"너도 몰라?"

랄프의 목소리가 커졌다. 사라가 모르는 문제도 있다는 게 조금 신기했다.

"너도 몰라?"

버트가 랄프의 말을 흉내 내며 비아냥거렸다.

"버트, 너 우리가 지금 무슨 얘기를 하는지 알고는 있는 거야?"

사라가 따끔하게 말했나.

"아니, 몰라. 하지만 상관없어. 중요한 건, 네가 모른다는 사실이니까! 이 바보 멍청이야."

"그래도 심술쟁이보다는 멍청이가 낫지."

랄프가 얼른 나서서 대꾸했다. 사라를 위해서 용기를 낸 것이었다. 그러자 버트가 버럭 화를 냈다.

"너 지금 잠자는 사자의 코털을 건드렸어!"

3

우주 펜 스푸트니크

페니와 다른 필기구들은 지퍼 아래쪽에 가지런히 줄지어
서 있었다. 수업 시작종이 울린 지 한참이 지났지만 필통은
열리지 않았다. 모두 귀를 쫑긋 세운 채 입구만 바라보았다.

"왜 이렇게 오래 걸리는 거지?"

페니가 조바심을 냈다.

"지난 금요일에 스워드 선생님께서 뭔가 놀라운 발표가 있
다고 하신 거 맞지?"

지우개 얼룩이도 거들었다.

이윽고 쉬는 시간 종이 울리자 페니가 말했다.

"그랬지. 우리를 아주 천천히 놀라게 하실 모양이야."

"쉿!"

수정액이 주의를 주었다. 필통이 흔들리면서 지퍼가 열리

기 시작했기 때문이다.

　랄프가 좀 더 쉽게 집을 수 있도록, 페니가 얼른 까치발을
했다. 하지만 페니가 기대한 일은 일어나지 않았다. 그 대신

반짝이는 새 필기구가 필통 안으로 쏙 들어오더니, 다른 필기구들의 머리 위를 천천히 날아다녔다.

"삐, 삐, 삐."

새로 온 녀석은 필통 안을 빙글빙글 돌면서, 입으로 연신 무선 호출기 소리를 냈다. 그러더니 한쪽 팔을 입에다 대고 말하기 시작했다.

"우주 비행 관제소, 우주 비행 관제소, 응답하라. 대원 스푸트니크다, 오버."

녀석의 손목에 있는 작은 장치에서 잡음이 들려왔고, 녀석이 계속해서 말했다.

"거주자가 있는 소행성에 도착한 것으로 보인다. 이곳 거주자들은 모두 연필 같은 모습을 하고 있는데, 적대적이지는 않다. 반복한다. 적대적이지는 않다. 어떤 자가 대장인지 알 것 같다. 착륙해서 대화를 시도하겠다. 이상."

낯선 녀석이 필통 바닥에 내려앉더니, 수정액과 페니 앞으로 천천히 다가왔다. 그러고는 손가락으로 V 자를 만들어 보이며 말했다.

"반갑다, 여러분. 나는 평화적인 목적으로 이곳에 왔다."

"그거 듣던 중 반가운 소리군."

수정액이 중얼거렸다. 그러자 낯선 녀석이 입을 손목에 갖다 대더니 서둘러 말했다.

"나와라, 우주 비행 관제소. 이곳 거주자들은 내 말을 알아듣는다. 이들도 전 우주 필기구들의 공통 언어를 사용하고 있다."

"난 그냥 우리말을 했을 뿐이다."

수정액이 낯선 녀석의 손목에 달라붙어 얘기했다.

"남성과 여성이 섞여 있다. 남성은 좀 더 공격적인 듯……."

그 말을 듣고 맥이 발끈했다.

"도대체 누가 공격적이라는 거야?"

"진정해, 맥."

페니가 맥의 어깨를 다독이며 말했다. 하지만 낯선 녀석은 말을 멈추지 않았다.

"…… 그러나 여성이 좀 더 우세한 듯하다."

"누가 더 우세한지 내가 직접 보여 주지!"

맥이 주먹을 불끈 쥐었다.

"참아, 맥."

수정액이 맥의 팔을 잡았다.

"이들은 이름을 통해 서로를 부르는 것으로 보인다. 아니면 상대방을 가리키는 단어가 '맥'일 수도 있다."

"네 이름이나 말해라. 이름은 있냐?"

수정액이 낯선 녀석에게 물었다. 원시 부족 다큐멘터리를 찍는 것 같은 녀석의 행동에 슬슬 짜증이 났기 때문이다.

낯선 녀석이 손목에 입을 바짝 붙이고 허둥지둥 말했다.

"이들이 나에게 직접 질문을 던졌다. 난 대답을 해야 한다. 그렇지 않으면 나를 공격할 것이다. 이들과 잡담을 나눠야 하는 관계로, 잠시 보고를 중단하겠다."

마침내 녀석이 고개를 들더니, 어설픈 미소를 지어 보였다. 그리고 또박또박 말했다.

"난 스푸트니크다."

수정액이 손을 뻗어 악수를 청했다.

"만나서 반갑다, 스푸트니크. 난 수정액이라고 해. 이쪽은
페니, 맥, 얼룩이 그리고 색연필들이다."

스푸트니크는 악수를 하기 전에, 수정액의 손을 의심 어린
눈길로 쳐다봤다.

"여기서 뭐 하고 있는 거니, 스푸트니크?"

페니가 물었다.

"우리 부대원들은 지금 소행성의 생명체에 대한 정보를 모
으고 있다."

스푸트니크가 대답했다.

"도대체 뭐라는 거야?"

맥이 지우개 얼룩이에게 속삭였다.

"그러니까…… 소행성은 필통, 생명체는 필기구라고 생각
해 봐. 그러면 이해가 될 거야."

잠시 생각에 잠겼던 얼룩이가 대답했다.

맥은 얼룩이가 말하는 대로 해 보았지만 여전히 아리송하

기만 했다. 그래도 맥은 고개를 끄덕였다. 바보처럼 보이고 싶진 않았다.

"부대원들이 모두 몇이나 되는데?"

수정액이 묻자 스푸트니크가 대답했다.

"모두 합쳐 서른이다."

그제야 맥은 얼룩이의 말뜻을 알 수 있었다. 교실에는 모두 서른 명의 아이들이 있었고, 필통도 꼭 서른 개가 있었다.

수정액이 질문을 계속했다.

"정보를 모아서 어디에 쓰려고?"

"우주 백과사전을 만드는 데 쓸 거다. 'ㅇ'으로 시작하는 '열등한 생명체' 부분에 첨가할 내용이다."

"열등한 생명체?"

페니가 불쾌한 듯 눈을 흘기며 되물었다.

"그래, 맞다. 우리 우주 펜들은 우주에서 가장 진화된 종족이다. 너희는 그 반대고."

"정말이야?"

"정말이다. 난 거꾸로도 쓸 수……."

"그건 나도 할 수 있어."

페니가 자신 있
게 끼어들었다.

"물속에서도……."

"나도 할 수 있거
든?"

"그리고 내 잉크는
여기 이 작은 녀석
으로는 지워지지 않
는다."

스푸트니크가
지우개 얼룩이의

볼을 간질이며 말했다. 그러자 얼룩이가 배시시 웃음을 터
뜨렸다.

"에이, 그럼 실수하면 어떡해?"

페니의 말에 스푸트니크가 코웃음을 쳤다.

"실수라고 했나? 나처럼 진화된 생명체는 절대 실수를 하
지 않는다."

"너를 가지고 글씨를 쓰는 사람도 진혀 실수를 안 할까?"

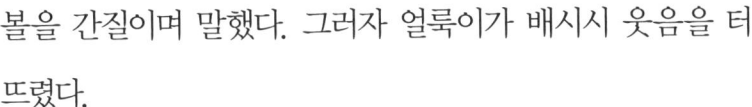

못 믿겠다는 듯 페니가 다시 묻자 스푸트니크는 눈살을 잔뜩 찌푸렸다.

"그런 경우는 생각해 본 적 없다. 아무도 나를 가지고 마음대로 글씨를 쓰지 않는다. 언제, 무엇을 쓸지는 내가 직접 선택한다."

"그건 네가 이 필통에 들어오지 않았을 때의 얘기지. 이제 여기 들어온 이상 그러지 못할 거야. 앞으로는 랄프가 원하는 내용을, 랄프가 원하는 방식으로 써야 해. 랄프가 틀리더라도 바로잡으면 안 되고. 그러면 랄프 스스로 정확한 단어나, 수학 문제 푸는 원리를 깨칠 수 없을 테니까."

페니가 차근차근 말했다.

"랄프? 랄프가 뭔가?"

스푸트니크가 물었다.

"우리를 가지고 있는 소년이야. 너, 빨간 머리 아이 몰라? 주근깨가 있는?"

스푸트니크가 멍한 눈으로 자기를 쳐다보자 페니가 답답한 듯 물었다.

"인간 닮은 로봇을 말하는 건가?"

스푸트니크가 되물었다.

"그래, 네 눈엔 그렇게 보이겠지."

페니가 어깨를 으쓱해 보였다. 그러자 스푸트니크가 웃음을 터뜨렸다.

"난 인간 로봇의 노예가 아니다. 나는 지금 아주 중요한 과학적 임무를 수행하는 중……."

마침 쉬는 시간 끝나는 종이 울리는 바람에, 스푸트니크는 말을 제대로 마칠 수 없었다. 스푸트니크 주변에 모여 있던 필기구들이 하나둘 제자리로 돌아갔다. 그리고 다시 가지런히 줄을 맞춰 섰다.

스푸트니크는 그 모습을 가만히 지켜보다가 손목에 차고 있는 통신기에 대고 말했다.

"우주 비행 관제소, 우주 비행 관제소. 다시 스푸트니크다. 난 아무래도 노예 종족이 사는 지역에 착륙한 것 같다. 이들은 랄프라는 인간 로봇을 섬기며, 종소리가 들리면 좀비처럼 움직여 줄지어 선다."

"쉿!"

페니가 입술에 손가락을 깃다 대며 주의를 주었다. 이를 본 스푸트니크는 다급하게 말을 이었다.

"뿐만 아니라, 종소리를 무척 두려워하는 것 같다."

"그거 이리 내!"

보다 못한 맥이 스푸트니크의 손목에서 통신기를 홱 낚아챘다.

그 순간, 지퍼가 열리고 랄프 손이 필통 안으로 쑥 들어왔다. 그리고 손가락들이 스푸트니크의 옆구리를 감싸 안았다.

"잘 있게, 노예 종족들! 삐, 삐, 삐."

지퍼 밖으로 사라지면서 스푸트니크가 외쳤다.

지퍼가 닫히자마자 맥이 분한 듯 말했다.

"너희들, 저 녀석 얘기 믿어지니? 잘난 척하면서 온통 휘젓고 다니잖아. 뭐 저렇게 거만한 녀석이 다 있담! 자기가 꽤나 대단한 줄 아는 모양이지?"

그런데 초록 색연필의 말이 놀라웠다.

"저 녀석, 무지 멋진 것 같아."

화들짝 놀란 맥이 초록 색연필을 빤히 쳐다보는데 노란 색연필도 옆에서 거들었다.

"너무 지적이야!"

도무지 믿을 수 없다는 듯, 맥은 눈만 껌벅였다.

"정말 잘생겼어."

빨간 색연필 스칼렛도 고개를 끄덕이며 동조하자 맥이 금

방이라도 토할 것 같은 표정을 지었다.

"스푸트니크를 보니까 어떤 녀석이 우리 필통에 처음 왔을 때 모습이 떠오르지 않니?"

수정액이 페니에게 속삭였다.

"그래도 맥이 꽤 괜찮은 녀석이라는 걸 알게 됐잖아."

페니가 킥킥거리며 대답했다.

"그러니까 언젠가는 스푸트니크도 꽤 괜찮은 녀석이라는 사실이 밝혀질지도 몰라. 비록 지금은 아닌 것 같아도 말이야."

"잘 모르겠어. 난 우리를 열등한 생명체라고 부르는 녀석의 태도가 맘에 안 들어. 자꾸만 어떤 녀석이 떠오르거든."

페니가 몸서리를 쳤다.

"무슨 얘기인지 알겠어. 하지만 페니, 검은 매직펜에 대한 걱정은 그만 떨쳐 버릴 때가 된 것 같아. 녀석은 영원히 사라졌어. 지난번에 우리가 녀석을 꼼짝 못하게 만들었잖아. 기억하지?"

하지만 페니는 확신할 수 없었다.

"정말 그렇게 생각해?"

"물론이지. 그러니까 이제 교실에 무슨 일이 있는지나 주의 깊게 살피자고. 랄프가 저 우주 펜을 쓴다면, 머지않아 우리 도움이 필요하게 될 테니까."

수정액이 차분히 말했다.

4

길고 긴 나눗셈 문제

열린 지퍼 사이로 밖을 내다본 순간, 페니는 검은 매직펜에 대한 걱정이 한순간에 날아가 버렸다.

"수정액, 우리 정말 우주에 온 거니?"

페니가 흥분해서 묻자 수정액이 웃음을 터뜨렸다.

"아니. 우주 학습 주일이라잖아. 스워드 선생님이 우주에 있는 것처럼 느껴지게 교실을 꾸며 놓으신 것뿐이야."

페니는 무척 감동한 듯 떨리는 목소리로 말했다.

"교실이 정말 근사해졌는걸."

"네가 오기 전 일이지만, 바다 학습 주일도 참 멋졌어. 그때는 물고기랑 산호랑 대왕 오징어까지 있었다니까!"

페니가 우주로 변한 교실을 찬찬히 둘러봤다. 눈빛이 오늘 아침 교실 문을 처음 연 순간 놀라던 아이들 눈보다 더 초

롱초롱했다. 페니는 랄프가 우주 펜을 집어 든 게 천만다행
이라고 생각했다. 환상적인 교실의 모습에 마음을 빼앗겨서
어떤 문제에도 집중하지 못할 게 뻔했다.

랄프 손에 꽉 붙들린 스푸트니크는 무척 성이 난 것처럼
보였다.

"삐, 삐, 인간 로봇! 지금 너, 삐, 뭐 하는 건가?"

스푸트니크가 고함을 쳤지만 인간인 랄프는 한마디도 알

아들을 수 없었다.

수정액이 입을 열었다.

"내가 보기엔 우리 친구가 벌써 열등한 생명체로 살아가는 기분을 알게 된 것 같은데. 이제 정신 좀 차리려나."

랄프도 화가 난 모양이었다. 스워드 선생님이 반 아이들에게 어려운 문제를 냈기 때문이다. 햇빛이 태양계의 행성들까지 도착하는 데 걸리는 시간을 계산하는 문제였다. 처음에는 흥미롭게 느껴졌다. 하지만 곧 깨달았다. 이것은 길고

긴 나눗셈 문제를 풀게 하려고 스워드 선생님이 생각해 낸 교묘한 공부법이라는 사실을. 랄프는 수학에 영 소질이 없었다. 끝도 없이 길게 이어지는 나눗셈은 두말할 것도 없었다.

랄프는 자꾸만 실수를 했다. 그런데 새 우주 펜의 잉크는 연필심처럼 지우개

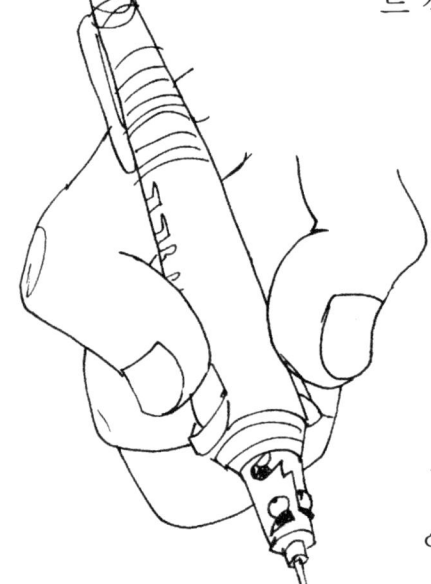

로 지워지지도 않아서 랄프의 공책은 박박 줄을 그어 지운 흔적으로 가득했다. 누군가 커다란 잉크 한 병을 몽땅 쏟은 것처럼 보일 정도였다.

옆에 앉은 사라도 랄프처럼 우주 펜을 썼다. 하지만 실수를 한 번도 하지 않았다. 랄프는 어깨 너머로 사라의 공책을 힐끔거렸다. 그러자 사라가 손으로 공책을 슬며시 가리며 말했다.

"네 힘으로 해, 랄프. 스워드 선생님한테 들키면, 우리 둘 다 혼난단 말이야."

랄프가 울상을 지었다.

"문제를 다시 풀어야 하는데, 도움이 좀 필요해서 그래."

사라가 랄프의 공책을 슬쩍 봤다. 온통 잉크 범벅이었다.

"자꾸 실수할 때는 연필을 써야지."

"이렇게 실수를 많이 하게 될 줄 몰랐거든. 그런 걸 누가 미리 아니?"

랄프는 투덜거리며 스푸트니크를 내려놓고 필통에서 페니를 꺼냈다.

"먼저 태양과 행성 사이의 거리를 빛의 속도로 나눠. 수성부터 시작해. 그런 다음에 금성으로 넘어가는 거야. 그 전에 네가 구한 답이 내 것과 같은지 확인하고!"

사라가 스워드 선생님 쪽을 살피면서 조용히 말했다.

"넌 어느 행성까지 했는데?"

"토성. 그리고 이건 내가 제일 좋아하는 행성이라 얼른 답을 구하고 싶거든?"

"방해해서 미안."

랄프는 얼른 자기 공책으로 고개를 돌리며 사과했다.

페니는 랄프가 풀어야 하는 문제들이 모두 우주에 관한

문제라는 걸 알아챘다. 그래서 교실 구경을 멈추고, 길고 긴 나눗셈에 집중했다. 페니는 영리한 연필이었기 때문에, 언제나 랄프보다 먼저 답을 알아냈다.

랄프는 공책 한 쪽 가득 문제를 풀어 내려갔다. 하지만 틀린 답을 얻고 말았다.

"치, 시간 낭비만 했잖아!"

랄프가 페니를 스푸트니크 옆에 내려놓고 필통으로 손을 뻗었다. 지우개 얼룩이를 꺼낼 생각이었다.

"이봐, 삐. 잘돼 가니?"

페니가 말을 걸자 스푸트니 크가 순순히 인정했다.

"그리 좋지는 않다. 저 인간 로봇이 내 역추진 제트 엔진을 제거해 버렸다. 난 이 고요 한 행성에 고립되 고 말았다."

"어쩜 좋니, 스

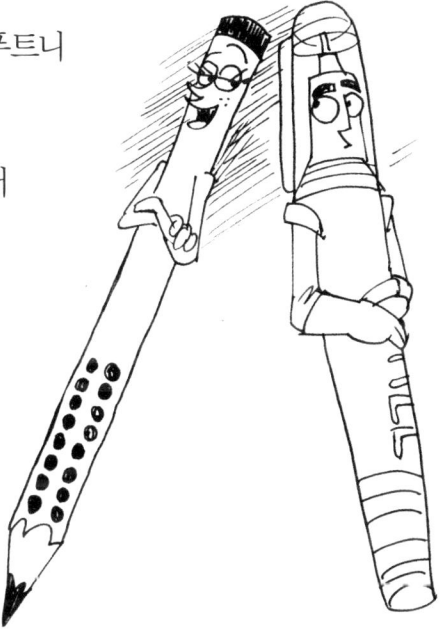

푸트니크. 내가 열등한 생명체만 아니었어도 지적인 능력을 발휘해서 너를 도울 수 있었을 텐데."

페니가 빈정거렸다.

때마침 랄프가 지우개 얼룩이를 책상에 내려놓고 다시 문제를 풀기 위해 페니를 집어 들었다. 이번에는 랄프도 정답을 구해 냈다. 그러고 나서 사라의 공책을 힐끗 쳐다보았는데, 사라는 이제 해왕성만을 남겨 두고 있었다! 랄프는 자기 답이 사라의 것과 같은지 확인한 뒤에, 다음 행성인 금성 문제로 넘어갔다. 두 번째 문제의 답을 구한 다음, 랄프가 물었다.

"금성까지 가는 시간 말이야. 너도 6분 나왔니, 사라?"

"랄프! 너 때문에 헷갈렸잖아. 처음부터 다시 해야 한다고! 바깥쪽 행성들은 아주 멀리 떨어져 있어서 계산도 훨씬 복잡하단 말이야. 왜 그러는데?"

사라가 버럭 화를 냈다.

"난, 그냥……. 금성 문제 답이 맞는지 확인하려고 그런 건데."

랄프가 웅얼거리자 사라는 할 수 없이 자기 공책을 뒤적여 보았다.

"금성, 금성, 그건 한참 전에 풀어서……. 여기 있다. 너도 6분 나왔니?"

"맞아!"

랄프의 표정이 밝아졌다.

"그럼 우리 둘 다 맞았거나, 둘 다 틀린 거야. 이제 너도 문제 푸는 방법을 알았으니까, 내 답이랑 맞춰 볼 필요 없어. 알았지?"

"알겠어!"

랄프가 신이 나서 고개를 끄덕였다. 문제를 멋지게 푼 자기가 대견한 모양이었다.

수업 시간이 끝나기 전까지, 랄프는 모든 문제의 답을 구할 수 있었다. 사라는 수업 시간이 반도 지나기 전에 문제를 다 풀어 버렸다. 그래서 스워드 선생님은 사라에게 로켓 디자인을 먼저 시작해도 좋다고 허락했다.

랄프가 채점을 받으려고 선생님 책상에 공책을 내고 와 보니, 사라와 버트가 말다툼을 벌이고 있었다.

"너 일부러 그랬지?"

사라가 씩씩거렸다.

"그럴 리가. 네 멍청한 팔꿈치가 말을 안 들어서 그림을 망친 게 내 잘못은 아니잖아."

버트가 비아냥거렸다. 그러자 사라가 목소리를 높였다.

"내 팔꿈치는 멍청하지 않아. 그리고 네가 일부러 내 팔을 친 거잖아!"

사라와 버트는 서로에게 고함을 질러 대느라, 또각또각 선생님이 다가오는 소리를 듣지 못했다.

"여기 무슨 일이지?"

스워드 선생님이 다그쳐 물었다.

"버트가 저를 일부러 쳐서 로켓 디자인을 망쳐 놨어요!"

"아니에요. 사라 팔이 저를 쳤는걸요. 전 그냥 사라 옆을 지나갔을 뿐이에요. 공책을 내러 가는 길이었거든요."

스워드 선생님이 사라와 버트를 번갈아 쳐다봤다. 그리고 엉망이 되어 버린 사라의 로켓 디자인도 들여다봤다.

"음, 로켓 디자인을 처음부터 다시 해야겠구나, 사라. 그래도 다행이야. 행성에 관한 수학 문제를 제일 먼저 풀었으니까. 지금 다시 시작해도 무사히 마칠 수 있을 거야."

놀란 사라가 입을 떡 벌린 채 스워드 선생님을 바라봤다.

"하지만 버트가……."

스워드 선생님이 말을 이었다.

"그리고 버트, 너는 맨 앞줄 교탁 바로 앞자리로 옮겨 앉는 게 좋겠다. 그래야 다음에 또 뭘 제출할 때 다른 사람과 부딪히지 않을 테니까."

버트가 선생님을 말똥말똥 쳐다보며 침을 꿀꺽 삼켰다.

"자, 어서 가서 책들을 챙겨 올래? 지금부터 말콤 옆자리에 앉도록 해."

스워드 선생님은 버트가 서랍 속 책들을 모두 꺼낼 때까지 기다렸다가 교탁으로 돌아갔다.

버트가 책을 한 아름 안고 사라 옆을 지나면서 귓속말을 했다.

"내가 앞으로 간다고 바뀌는 건 없을 거다, 이 고자질쟁이야. 네 로켓 디자인이 우리 반에서 제일 형편없을 테니까."

옆에 있던 랄프가 한마디 했다.

"사라 좀 괴롭히지 마."

"넌 괜히 참견 말고, 어서 가서 똑같이 못생긴 로켓 디자인이나 하시지 그래?"

버트는 랄프를 노려보며 으르렁거리더니, 일부러 책상을 세게 밀치면서 교실 앞 새로운 자리로 갔다.

랄프와 사라는 버트의 뒤통수를 쏘아보았다. 책상이 요동치는 바람에 책상 모서리에 아슬아슬하게 매달린 연필들도 마찬가지였다.

5

새로운 작전

그날 밤, 랄프가 숙제를 마치고 잠자리에 들자 수정액이 모든 필기구들에게 특별 소집을 제안했다.

"도대체 무슨 일이야?"

빨간 색연필 스칼렛이 물었다. 랄프가 제일 좋아하는 색깔이 빨강이었기 때문에, 색연필들은 스칼렛을 대표로 뽑았다.

"너도 잘 알겠지만, 스워드 선생님께서 로켓을 디자인하는 숙제를 내 주셨잖아. 그러니까 우리 모두 랄프가 디자인을 완성하는 데 중요한 역할을 하게 될 거야."

수정액의 말에 흥분한 색연필들이 너도나도 목소리를 높였다. 페니, 맥, 지우개 얼룩이가 진지한 표정으로 이들을 바라봤다. 랄프에게 역추진 제트 엔진을 제거당한 뒤로 축 처져 있던 스푸트니크도 '로켓'이라는 말에 귀를 쫑긋 세웠다.

수정액이 계속 이야기했다.

"즐거운 기분을 망치고 싶지는 않지만, 귀 기울여 주길 바라. 버트가 랄프의 디자인을 망치려 들지도 몰라. 어쩌면 그 녀석 필통에서 지내는 필기구들도."

신나게 수다를 떨던 필기구들이 모두 입을 꾹 다문 채 한숨을 내쉬었다.

"버트가 정말 그렇게 끔찍한 짓을 할까?"

노란 색연필이 물었다.

"두말하면 잔소리지, 안 그래? 버트는 항상 그랬어. 온갖 치사한 방법으로 랄프를 괴롭혔고, 랄프가 힘들게 완성한 숙제들을 망쳐 버렸잖아."

초록 색연필이 힘주어 말했다.

"정확한 지적이야. 그래서 특별한 주의가 필요한 거고."

수정액이 다시 강조하자 스칼렛이 물었다.

"버트가 어떻게 랄프를 방해하려는지 알고 있니?"

수정액은 잠시 생각하더니 입을 열었다.

"아무래도 랄프가 안 볼 때, 심하게 낙서를 할 것 같아."

"검은 매직펜을 가지고 랄프와 사라의 숙제에 온갖 나쁜 말을 썼을 때처럼?"

노란 색연필이 말했다.

"바로 그거야."

수정액이 고개를 끄덕였다.

"검은 매직펜이…… 돌아왔니?"

연분홍 색연필 로즈가 떨리는 목소리로 물었다. 안 그래도 창백한 로즈의 얼굴이 더 하얘 보였다.

"검은 매직펜이 돌아왔다는 증거는 아직 없어. 너도 알겠지만, 쿠베르펜 남작님께서 녀석을 프랑스식 신병 훈련소로 데려가셨으니까."

그때 수정액의 말을 가만히 듣고 있던 하늘빛 색연필 스카이가 물었다.

"하지만 신병 훈련소에 들어가면 훨씬 더 강하고 용감해져서 돌아오지 않니?"

수정액이 잠시 대답을 망설이고 있는데 노란 색연필이 꽥 비명을 지르며 말했다.

"녀석은 스탠드 괴물 앞에서도 살아남았어. 그리고 연필들의 축제, 펜슬림픽을 엉망으로 만들어 놨잖아."

"얘들아, 얘들아, 그렇게 겁낼 것 없어."

수정액이 색연필들을 진정시켰다. 하지만 걱정에 사로잡힌

것은 색연필들만이 아니었다. 페니의 얼굴도 짙은 회색빛으로 변해 있었다. 전보다 훨씬 더 강해진 검은 매직펜이라니, 상상만 해도 머리가 지끈거렸다.

색연필들의 근심스러운 얼굴을 바라보며 수정액이 다독이고 나섰다.

"좀 전에도 말했지만, 검은 매직펜이 돌아왔다는 증거는 전혀 없어. 이건 버트와 랄프 사이의 문제일 뿐이야. 그러니까 랄프의 로켓 디자인에 나쁜 일이 일어나지 않도록 모두 바짝 긴장하자고."

특별 소집을 마치고 나서 수정액은 페니와 맥과 얼룩이가 모여 있는 곳으로 뒤뚱뒤뚱 걸어갔다.

"이건 전혀 계획에 없던 일이야. 버트를 조심하자는 말을 하려던 건데, 겁 많은 색연필들에게 검은 매직펜에 대한 두려움만 키워 주고 말았어."

수정액이 말을 꺼냈다. 그러자 페니가 심각하게 말했다.

"두렵기는 나도 마찬가지야."

"너, 우리한테 말하지 않은 게 있니?"

맥이 물었다.

"그런 건 아니야. 문제가 일어나면, 항상 그 뒤에는 검은 매직펜이 있었잖아. 그때와 같은 기분이 들어서 그래."

페니가 고개를 저으며 말했다.

"하지만 페니, 내가 말했잖아. 녀석은 지금 신병 훈련소에 있다고."

"그래도 스카이 얘기가 맞으면 어쩌지? 검은 매직펜이 그곳을 탈출했거나, 모든 훈련을 마치고 나온 거라면? 전보다 훨씬 더 사악하고 강력해져서 돌아온 거면 어떡하냐고!"

페니가 계속 걱정하자 수정액도 조금 쌀쌀하게 대꾸했다.

"너 지금, 검은 매직펜이 버트랑 함께 못된 짓을 꾸밀 거라는 얘기를 하는 거니?"

"녀석들은 줄곧 그래 왔는걸……."

페니가 웅얼거렸다.

"검은 매직펜이 돌아와서 복수를 계획한다고 치자. 그래도 버트는 그 사실을 알 수 없잖아, 안 그래? 우리가 아무리 목청을 높여도 인간들에게는 들리지 않으니까."

수정액이 목소리를 높였다.

"검은 매직펜이 자기 계획을 글로 쓸지도 몰라."

얼룩이가 말을 꺼내자 맥이 콧방귀를 뀌었다.

"하아, 버트가 그걸 읽을 수나 있을까?"

"수정액, 아무래도 내가 버트 필통에 가서 일이 어떻게 돌아가고 있는지 알아봐야겠어. 검은 매직펜이 돌아왔는지, 아닌지도 살피고."

페니가 다급하게 이야기했다.

"절대로 안 돼."

수정액이 딱 잘라 말했다.

"왜 안 되는데? 얼마든지 비밀로……."

수정액이 페니의 말을 막았다.

"그래. 랄프가 맥만 쓴다면 얼마든지 비밀로 활동하는 게 가능해. 하지만 지금 랄프한테는 어느 때보다 네가 꼭 필요해. 로켓을 디자인하기 위해서는 많은 계산을 해야 하거든.

그리고 네가 잘 모르는 것 같아서 하는 말인데, 로켓은 대부분 흰색이나 회색이야. 그러니까 이번에 랄프는 색연필을 사용하지 않을 거야. 대신 너를 가지고 스케치하고 색칠까지 할 거라고."

맥도 옆에서 거들었다.

"게다가 버트 필통에 들어갔을 때 우리 모두 큰일 날 뻔했잖아. 버트의 매직펜들이 널 잔뜩 경계하고 있을 거야."

그 순간, 낯선 목소리가 들려왔다.

"그렇다면 녀석들이 날 경계하지는 않을 거다."

페니, 맥, 수정액, 얼룩이가 동시에 돌아봤다. 그들 주변을 빙글빙글 돌고 있는 스푸트니크가 눈에 들어왔다.

"사실 녀석들은 나를 알고 있을 거다. 아니면 나랑 아주 닮은 누군가를 말이다."

스푸트니크의 말에 페니와 필기구들은 여전히 알 수 없는 표정을 지었다.

"반 아이들 모두 똑같은 우주 학습 자료를 받지 않았나?"

스푸트니크가 묻자 넷이 고개를 끄덕였다.

"그 사료에는 모두 나와 똑같이 생긴 우주 펜이 들어 있

다. 그럼 이제 내가 할 일은 버트 필통에서 유리를 불러내고, 그 안으로 들어가는 거 아니겠냐."

"유리가 누군데?"

얼룩이가 물었다.

"버트 필통에 착륙한 우주 펜이다. 내가 그 안에 들어가면, 너희한테 그곳 상황을 전할 수 있을 거다."

스푸트니크가 차근차근 설명했다.

"그거 정말 환상적인 계획이다!"

페니가 외쳤다. 하지만 맥은 우주 펜을 계속 의심스럽게 쳐다보며 물었다.

"한 가지 문제가 있어. 검은 매직펜이 거기 있다고 해도, 네가 그 녀석을 어떻게 알아볼 수 있겠어?"

"우주 백과사전에서 매직펜 사진을 본 적이 있다. 검은색만 찾으면 되지 않나."

스푸트니크가 자신 있게 대답했다.

"그것도 'ㅇ'으로 시작하는 '열등한 생명체' 부분에 있었니?"

맥이 쌀쌀맞게 물었다.

"아니다. 'ㅅ'으로 시작하는 '사악한 종족' 부분에 나왔다."

스푸트니크가 고개를 저으며 말했다. 그러고는 모두가 주저하는 눈빛으로 서로를 바라보는 걸 느꼈는지 쐐기를 박았다.

"서둘러라! 랄프는 내가 없어져도 찾지 않을 거다. 내가 한 일이라고는 틀린 숫자를 쓰고, 공책을 온통 잉크 범벅으로 만든 것밖에 없으니까. 게다가 유리가 내 몫을 대신할 테고."

"네가 그렇게 확신한다면……."

수정액이 조심스레 입을 열자 스푸트니크가 힘주어 말했다.

"물론이다. 그리고 검은 매직펜이 백과사전에서 본 사진보다 훨씬 더 우락부락하고 무시무시하게 보이면 미리 경고해 주마."

"좋아. 네가 무사히 잘 해내길 빌어."

페니가 스푸트니크를 격려했다.

"그러자면 먼저, 내 통신기부터 돌려받아야 한다."

스푸트니크가 맥을 향해 손을 불쑥 내밀었다.

맥이 마지못해 손목에 차고 있던 통신기를 풀었다. 그러고는 계속 투덜거리면서 우주 펜에게 건네주었다.

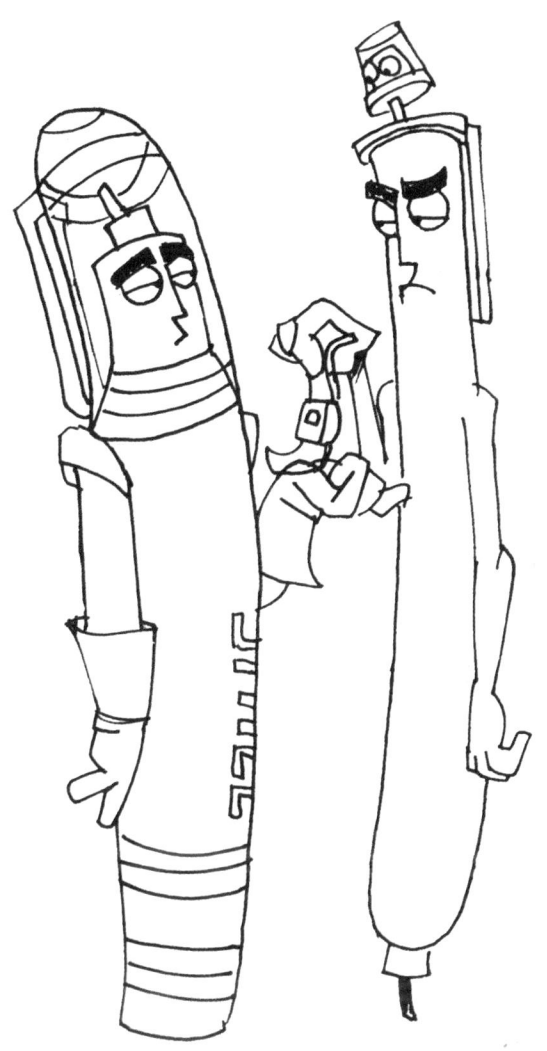

6

비열한 계획

다음 날 아침, 스푸트니크는 계획을 실행에 옮길 기회를 잡았다. 랄프가 토론 시간에 무선 조종 달 탐사 로봇을 가져와 아이들을 열광시킨 뒤였다. 스워드 선생님과 아이들이 망원경으로 태양의 흑점을 관찰하겠다며 운동장으로 나간 틈을 노린 것이다. 아이들이 모두 빠져나간 책상 위에는 입구가 열린 필통과 우주 학습 자료들만 덩그러니 남아 있었다.

페니, 맥, 스푸트니크가 필통에서 살짝 빠져나와 랄프의 우주 학습 자료 뒤에 몸을 숨겼다. 그곳에 숨어 있으니 버트의 책상이 한눈에 들어왔다. 안전한지 사방을 살핀 뒤에, 스푸트니크가 손목에 찬 통신기에 대고 말했다.

"대원 유리, 대원 유리, 여기는 우주 비행 관제소다. 응답하라!"

스푸트니크가 '수신' 단추를 눌렀다. 하지만 통신기에서는
쉭쉭하는 잡음만 들려왔다.

"나시 해 봐."

페니가 다급히 말하자 스푸트니크가 애타게 외쳤다.

"대원 유리, 대원 유리, 응답하라! 여기는 우주 비행 관제소다. 내 말 들리는가?"

이번에는 통신기를 통해 목소리가 들려왔다.

"우주 비행 관제소, 여기는 대원 유리. 들린다, 오버."

"대원 유리, 새로운 임무를 부여한다. 지금 당장 대원 스푸트니크가 담당하는 책상으로 이동해서 그곳에서 지시를 따르도록!"

잠시 잡음이 들리더니 유리의 대답이 이어졌다.

"알겠습니다. 즉시 그렇게 하겠다, 오버."

몇 분 뒤 머리 위에서 삐삐 하는 소리가 들렸고, 버트 필통에서 날아오른 유리가 랄프 책상 위에 사뿐히 내려앉았다.

"대원 유리, 무사히 도착했습니다."

유리가 스푸트니크에게 경례를 하며 말했다.

"자네 조사 지역을 나와 바꾼다. 즉시 통신기와 역추진 제트 엔진을 나에게 주게."

"하지만 왜……?"

유리가 고개를 갸웃하자 스푸트니크가 버럭 고함을 질렀

다. 어찌나 놀랐던지, 페니와 맥은 움찔하며 한 걸음 뒤로
물러섰다.

"대원! 자네는 우주
부대 최정예 요원이다.
자네 임무는 질문하는
게 아니라 명령에 따르
는 것이다. 알겠나?"

"예, 알겠습니다!"

유리가 통신기와 역추
진 제트 엔진을 풀면서
대답했다.

"난 이제 이곳을 떠나겠
다. 작전대로 실행하도록."

스푸트니크가 제트 엔진을 등

에 메고 통신기를 맥에게 건넸다. 그러고는 제트 엔진을 켜
서 삐삐 하는 소리를 내며 버트 책상을 향해 날아갔다. 스
푸트니크가 버트 필통에 착륙했을 때, 복도를 따라 걸어오
는 아이들의 발자국 소리가 들려왔다.

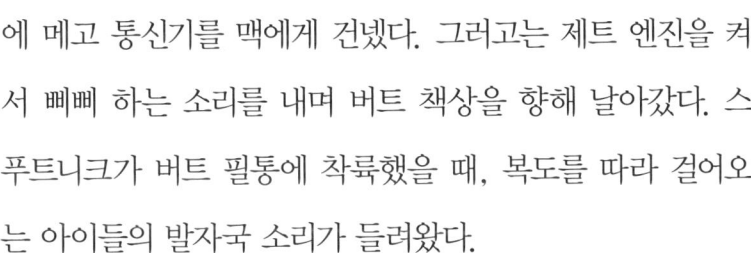

"페니, 유리! 어서 쏙 들어가!"

맥이 지퍼를 꼭 붙잡은 채 소리쳤다.

곧바로 교실 문이 활짝 열리고, 아이들이 선생님을 따라 교실로 쏟아져 들어왔다.

"재미있었니?"

아이들이 모두 자리에 앉자 선생님이 물었다. 동시에 교실 여기저기서 재잘거리기 시작했다.

"자, 한 번에 한 명씩!"

스워드 선생님이 미소를 지었다. 그리고 손을 번쩍 든 루시에게 기회를 주었다.

"그래, 루시가 말해 보자."

"망원경 뒤쪽에 종이를 놓고 태양의 흑점을 관찰하는 이유가 뭐예요? 왜 눈으로 직접 보지 않아요?"

"태양을 직접 바라보는 건 눈에 아주 해롭기 때문이야. 게다가 망원경은 빛을 모아서 물체가 크게 보이게 해 주기 때문에 훨씬, 훨씬 더 위험하지. 강렬한 빛 때문에 눈이 멀어 버릴 수도 있으니까!"

아이들이 안도의 한숨을 내쉬었다. 주의 사항을 잘 지키

며 관찰한 게 얼마나 다행
인지 몰랐다.

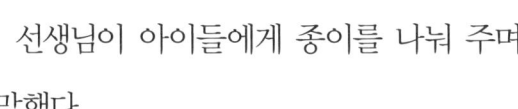

"지금 나눠 주는 가정 통
신문에 부모님 사인을 받아
와라. 그래야 목요일 저녁에
있을 특별한 관찰의 밤에 참여
할 수 있어."

선생님이 아이들에게 종이를 나눠 주며
말했다.

"선생님, 관찰의 밤이 뭐예요?"

숀이 물었다.

"어두운 밤에 학교에 모여서, 망원경으로 달과 별과 행성
을 관찰하는 거야."

"와, 신난다! 우주 학습 주일은 너무너무 근사해요! 나중
에 또 하면 정말 좋겠어요!"

사라가 들뜬 목소리로 외쳤다.

그러는 사이, 버트의 필통 속에서는 스푸트니크가 바쁘게
날아나니고 있었다. 물론 김은 매직펜을 찾는 중이었다. 좀

더 깊은 곳으로 들어가 보려고 원을 그리며 도는데, 필통

한쪽 어두운 구석에서 뭔가를 발견했다. 그것은 거대하고,

검고, 비열한 표정의 매직펜이었다. 스푸트니크는 최대한 조

용히 통신기를 켰다. 그리고 조심스레 가까이 다가갔다.

＊

랄프의 필통 속에서는 페니와 맥, 얼룩이와 수정액이 유리의 통신기 옆에 바짝 붙어 서 있었다. 처음에는 기계 잡음만 들려왔다. 하지만 얼마 지나지 않아 귀에 익은 소리가 이어졌다. 검은 매직펜이었다!

검은 매직펜의 목소리가 통신기를 타고 흘러나왔다.

"그거 정말 좋은 소식이군, 깜빡이. 이제부터 계획을 알려 주지. 가장 중요한 건, 마지막 순간까지 그냥 내버려 두는 거야. 그렇다고 너무 걱정할 건 없어. 고칠 시간을 주지 않으려는 섯뿐이니까. 너무 일찍 망쳐 버리면, 랄프와 사라가 새로운 디자인을 완성할지도 모르거든. 하지만 목요일 밤에 아이들이 운동장에서 망원경을 들여다보고 있는 틈을 노린다면 문제없어! 금요일 아침에 모든 것을 알게 되더라도, 디자인을 다시 할 시간은 없을 테니까."

검은 매직펜이 기분 나쁜 웃음을 터뜨렸다. 그걸 듣고 있자니, 멀리 떨어져 있었는데도 페니는 머리끝부터 발끝까지 소름이 돋았다.

"너도 들었니? 사악한 검은 매직펜이 랄프와 사라의 로켓 디자인을 모두 망쳐 버릴 속셈인가 봐. 우리가 녀석을 막아야 해!"

얼룩이가 떨리는 목소리로 말했다.

"그리고 사라의 연필들에게도 이 사실을 알려야 해."

페니가 고개를 끄덕이며 맞장구를 치자 수정액도 거들었다.

"다행히 준비할 시간은 충분하겠어. 목요일 밤까지만 훌륭한 대책을 생각해 내면 되잖아."

이윽고 점심시간을 알리는 종이 울렸다.

"아이들이 모두 교실을 빠져나갈 때까지 기다렸다가, 얼른

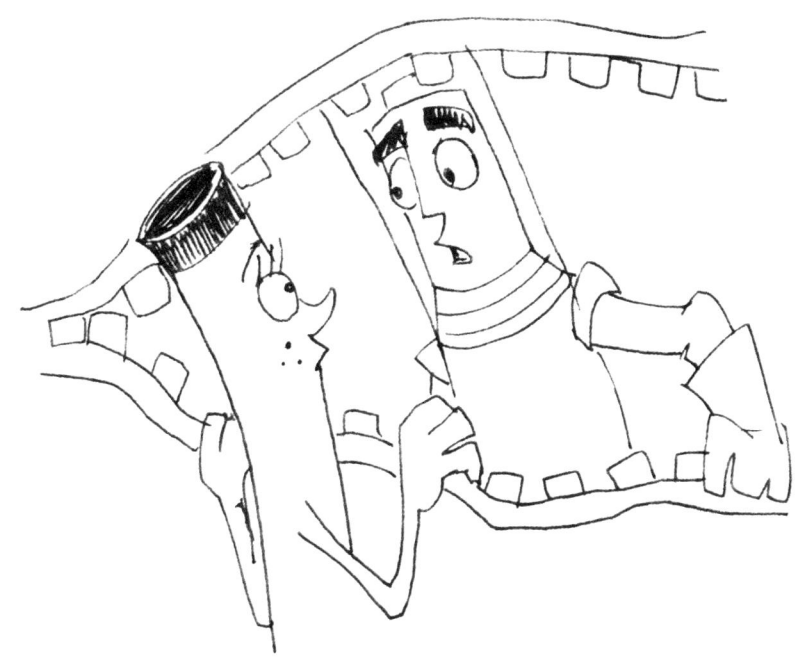

사라 필통으로 건너가서 폴리를 불러와야겠어. 머리를 맞댈
필기구가 많을수록 더 좋은 방법이 떠오를 테니까!"

　페니가 필통 지퍼 앞으로 바짝 다가가며 귀를 쫑긋 세우
고 아이들 발자국 소리에 집중했다. 마지막으로 남아 있던
아이가 교실을 빠져나가자, 페니는 필통 지퍼를 살며시 열었
다. 그리고 한걸음에 사라의 필통으로 달려가려는데, 막 필
통 안으로 들어오는 스푸트니크와 마주쳤다.

"너 여기서 뭐 하고 있니?"

페니가 물었다.

"상황이…… 삐, 생각했던 것보다, 삐…… 훨씬 나쁘다."

지퍼 안쪽으로 고개를 들이밀며 스푸트니크가 대답했다. 그러자 페니가 고개를 떨구었다.

"알고 있어. 통신기 성능이 어찌나 좋은지, 한마디도 빠짐없이 다 들었거든. 그래서 사라 연필들에게 알려 주려고 가는 길……."

"잠깐!"

스푸트니크가 고함을 질렀다. 소리가 어찌나 절망적이었는지 수정액, 맥, 얼룩이가 무슨 일인가 싶어 황급히 달려왔다.

"우리는 그들과 맞설 수 없다."

스푸트니크가 절망적으로 말했다.

"우린 할 수 있어. 사라네 필기구들과 힘을 합치면……."

"안 돼!"

스푸트니크가 갑자기 꽥 소리를 지르는 바람에 페니는 놀라서 두 눈이 휘둥그레졌다.

"이 교실에 있는 모든 필통 속 필기구들이 힘을 합친다고 해도, 결코 녀석들을 이길 수 없을 것이다."

"녀석들이라니?"

맥이 물었다.

"신병 훈련소에 갔던 것은 검은 매직펜 혼자만이 아니었다. 녀석의 모든 매직펜 병사들이 아주 우락부락하고 무시무시하게 보였다. 백과사전에서 본 사진들 중 최고로! 오직 전투를 위해 태어난 종족 같았다. 녀석들은 눈 깜짝할 사이에 우리 모두를 쓰러뜨릴 것이다."

"그럼 우리가 할 수 있는 일이 아무것도 없다는 거니?"

수정액이 떨리는 목소리로 물었다.

"우리는 결코 힘으로 녀석들을 무찌를 수 없다."

스푸트니크가 힘없이 고개를 끄덕이며 대답했다.

이윽고 페니가 심각한 표정으로 말했다.

"그렇다면 머리로 이겨야지. 그리고 그 방법은 벌써 내 머릿속에 있다고!"

7

사라진 달 탐사 로봇

수업 끝나는 종이 울렸다. 하지만 랄프와 사라는 다른 아이들처럼 밖으로 달려 나가지 않았다. 교실 뒤쪽에서 뭔가를 찾느라 바빴다.

"왜 그걸 토론 시간 끝나자마자 가방에 넣지 않은 거야?"

서랍 너머에서 사라가 물었다.

"분명히 가방에 넣었다니까."

칠판 아래 벽장 속에서 랄프의 목소리가 들려왔다.

"깜빡하고 다른 사람 가방에 넣은 거 아냐? 아야!"

서랍을 닫다가 손가락이 끼어 버린 사라가 비명을 질렀다.

랄프가 머리 위로 리모컨을 흔들며 말했다.

"내가 아무리 멍청해도 리모컨만 내 가방에 넣고, 달 탐사 로봇을 다른 사람 가방에 넣었겠어?"

　랄프 말을 잠자코 듣던 사라가 잠깐 생각에 잠기더니 빙그레 미소를 지으며 입을 열었다.

　"이봐, 친구! 좋은 생각이 났어. 그 리모컨을 켜서, 달 탐사 로봇을 움직여 보면 어떨까?"

　"그거 정말 멋진 생각이다! 이제 로봇이 어느 쪽에 있는지만 알면 조종할 방향을 정할 수 있겠어."

　랄프가 신이 나서 깡충깡충 뛰었다.

　"원을 그리면서 돌게 하면 어때? 그러면 모터 소리가 들릴 거야. 아니면 뭔가에 꽝 부딪히는 소리라도 나겠지."

골똘히 생각하느라 사라 이마에 주름이 잡혔다.

"그러는 게 좋겠어!"

랄프는 들뜬 마음으로 서둘러 리모컨을 켰다. 그리고 로봇이 원을 그리면서 돌 수 있도록 조종 장치를 움직였다. 하지만 두 귀를 쫑긋 세워 봐도 아무런 소리도 들리지 않았다.

"소용없어. 영원히 사라져 버린 모양이야."

랄프가 한숨을 내쉬었다.

"아니야. 건전지가 닳았을지도 모르잖아. 어딘가에 꽉 끼어 있는지도 모르고. 아니면 리모컨이 보내는 전파를 못 받고 있는지도 몰라. 그러니까 외부 전파를 차단하는 패러데이 상자 속에 있어서……."

사라는 교실 구석구석을 다시 훑어보며 말했다.

"패러데이가 뭔데?"

기니피그를 기르는 사육 상자를 들여다보며 랄프가 물었다.

"그건 물리학자 이름……."

랄프가 멍한 표정으로 두 눈을 끔벅거리자 사라는 대답하다 말고 한숨을 폭 쉬었다.

"후유! 그런 게 있단다, 아가야."

랄프와 사라가 한창 대화를 나누고 있는데, 또각또각 들려오던 구두 소리가 뚝 그쳤다.

"너희 둘, 여태 여기서 뭘 하고 있니?"

스워드 선생님이었다.

"랄프가 가져온 달 탐사 로봇을 찾고 있어요. 사라져 버렸거든요."

사라가 얼른 대답했다. 그러자 선생님이 안타까운 표정을 지었다.

"어머, 어쩜 좋니. 선생님한테 맡겨 두지 그랬어."

"그럴 걸 그랬어요, 선생님."

랄프가 다 기어 들어가는 목소리로 대답했다.

"선생님도 찾는 걸 도와줄게. 대신 딱 5분만이야. 그때까지 못 찾으면 집에 가는 거다. 안 그러면 부모님이 걱정하실 테니까."

안타깝게도 소용없는 일이었다. 선생님까지 나서서 온 교실을 구석구석 뒤져 보았지만, 달 탐사 로봇은 그림자도 보이지 않았다.

집으로 돌아가는 길에 사라가 말했다.

"기운 내, 랄프. 이제 곧 네 생일이잖아. 그러니까 엄마한테 생일 선물로 새 로봇을 사 달라고 부탁드려 봐."

"그게……."

랄프 목소리에 기운이 하나도 없었다. 그렇게 비싼 물건을 잃어버린 걸 알면 엄마가 얼마나 실망할까 생각하니 저절로 한숨이 나왔다. 랄프는 힘없이 리모컨을 톡톡 치며 걸었다.

사라는 아무 말도 하지 않았다. 랄프가 이런 기분일 때는 잠시 그냥 내버려 두는 편이 낫다는 사실을 잘 알고 있기 때문이었다.

"잠깐 멈춰 봐."

사라가 랄프 팔을 붙잡으며 말했다. 그러자 랄프가 걸음을 멈추고 리모컨 만지작대던 것도 그만두었다.

"리모컨을 좀 움직여 볼래?"

사라 말을 듣고 랄프가 로봇을 앞으로 움직일 때처럼 리모컨을 조작했다. 공원 나무 뒤에서 윙윙 모터 돌아가는 소리가 났다. 아주 희미하긴 해도 틀림없었다.

"저 소리 들려?"

사라가 랄프에게 귓속말을 했다. 랄프는 그 말을 듣자마자 나무 쪽으로 달려가더니 소리쳤다.

"달 탐사 로봇이야!"

사라도 헐레벌떡 랄프 뒤를 따랐다. 나무 뒤로 돌아갔더니 달 탐사 로봇의 꽁무니가 보였다. 그런데 로봇 꼭대기에 불꽃놀이 할 때 사용하는 화약 같은 것이 동여매져 있었다.

게다가 로봇 바로 뒤에 버트가 떡하니 버티고 서 있었다.

"어서 오십시오. 어서 오세요, 신사 숙녀 여러분! 오늘 여러분은 달 탐사 로봇이 달 탐사선으로 변신하는 놀라운 광경을 보게 될 겁니다. 부디 조용히 지켜봐 주세요."

버트가 서커스 사회자라도 되는 양 잔뜩 힘주어 말했다.

"너 지금 내 달 탐사 로봇 가지고 뭐 하는 거야?"

랄프가 다그쳤다. 그러자 버트가 성냥에 불을 붙이면서 대답했다.

"진짜 달 탐사 로봇이 될 수 있게 도와주려는 것뿐이야. 좀 더 쉽게 말하자면, 달로 날려 보내려는 거지."

"안 돼!"

랄프가 달 탐사 로봇을 향해 뛰어가며 외쳤다. 하지만 사라가 뒤에서 단단히 붙잡고 놓아주지 않았다.

"랄프! 너 저게 뭔지 몰라서 그러는 거야? 너무 위험하단 말이야!"

버트가 화약의 심지에 불을 붙였다. 그러고는 한 발짝 뒤로 물러나더니 두 손으로 귀를 꼭 막았다.

심지가 타들어 가면서 불꽃이 화약과 점점 가까워졌다.

그리고 귀청이 찢어질 듯한 소리와 함께, 화약을 매단 달 탐사 로봇이 하늘을 향해 솟아올랐다.

"와! 저것 좀 봐. 하늘을 날고 있어!"

버트가 고래고래 소리를 질러 댔다.

랄프는 점점 멀어지는 달 탐사 로봇에게서 눈을 떼지 못했다. 절망적인 눈빛이었다.

버트가 숫자를 셌다.

"셋…… 둘…… 하나!"

그 순간 폭약이 터지면서 울긋불긋한 불꽃이 사방으로 튀었고, 달 탐사 로봇은 산산조각이 나고 말았다.

"바보 같은 녀석!"

비처럼 쏟아져 내리는 로봇 조각들을 피하느라 머리를 감싸며 사라가 외쳤다.

랄프와 사라가 다시 고개를 들었을 때, 버트는 기뻐 날뛰고 있었다.

"이제 네 로봇은 하늘나라로 영영 가 버린 것 같은데."

버트가 키득키득 웃었다.

"너, 도대체 왜……!"

랄프가 주먹을 불끈 쥐고서 버트에게 달려가려 했다. 하지만 이번에도 사라가 랄프를 꽉 붙들었다.

"참아, 랄프."

그러자 버트가 비아냥거렸다.

"그렇게 용기가 없어서 어쩌니, 이 애송이야. 여자애가 붙든다고 꼼짝을 못하다니."

"그건 용기하고는 전혀 상관없어. 난 랄프가 달 탐사 로봇을 새로 사 올 애한테 주먹을 휘두르면 안 된다고 생각했을 뿐이야."

사라가 차근차근 반박하자 버트가 콧방귀를 뀌었다.

"이 근처에는 그런 사람 없는 거 같은데."

사라가 주머니에서 손수건을 꺼냈다. 그리고 그을음이 앉아 검게 변한 로봇 조각을 집어 들더니 말했다.

"우리 내기할까? 공원에서 불꽃놀이를 하는 건 불법이야. 금지돼 있다는 뜻이지. 내가 이걸 경찰서에 가져가서 네가 한 짓을 얘기하면, 경찰들이 여기서 네 지문을 찾아낼 거야. 그러면 너는 소년원에 가게 될 테고."

"정말?"

버트가 의심스러운 듯 물었다. 조금 굳은 표정이었다.

"너, 내가 틀리는 거 본 적 있어?"

사라가 천연덕스럽게 다시 묻자 버트가 한숨을 내쉬었다.

"알았어. 사 주면 될 거 아냐. 달 탐사 로봇 새로 사서 내일 학교로 가져올게."

"그러는 게 좋을 거야. 안 그러면 이걸 곧장 경찰서로 가져갈 테니까!"

랄프와 사라는 어슬렁어슬렁 걸어가는 비트의 뒷모습을

지켜봤다. 그리고 사라가 외쳤다.

"버트, 장난감 가게는 저쪽이야!"

버트가 뒤돌아 대꾸했다.

"나도 알아. 하지만 그 전에 집에 가서 엄마 지갑에서 돈을 슬쩍, 아니…… 내 말은 그러니까, 빌려야 한단 말이야."

버트가 눈앞에서 멀어지자 랄프가 사라를 꼭 안아 주었다.

"정말 멋졌어! 그런데 너, 경찰들이 그럴 수 있다는 걸 어떻게 알았어?"

"내가 제일 좋아하는 텔레비전 프로그램을 열심히 본 덕분이지. 쿨 경관 말이야!"

사라가 시계를 들여다보더니 외쳤다.

"그리고 쿨 경관 시작이 5분밖에 안 남았어. 얼른 가자!"

8

멋진 기회

다음 날 버트는 약속한 대로 새 로봇을 가지고 학교에 왔다. 그리고 그것을 마지못해 사라가 가지고 있던 로봇 조각들과 바꿨다. 랄프는 새 로봇을 받아 들자마자 스워드 선생님에게 안전하게 맡겨 두었다. 그렇게 하지 않고서는 우주에 대한 공부는 물론이고 로켓 디자인에도 집중할 수 없을 것 같았다. 랄프는 발사된 뒤에도 폭발하지 않는 로켓을 만들기로 마음먹었다.

목요일 저녁, 랄프와 사라는 운동장에 설치된 망원경으로 달과 행성들을 관찰하며 정말 멋진 시간을 보냈다. 버트도 망원경에 붙어서 떨어질 줄 몰랐다. 아름다운 우주의 모습에 마음을 빼앗긴 아이들은 교실에 어떤 놀라운 일들이 일어나고 있는지 조금도 눈치채지 못했다.

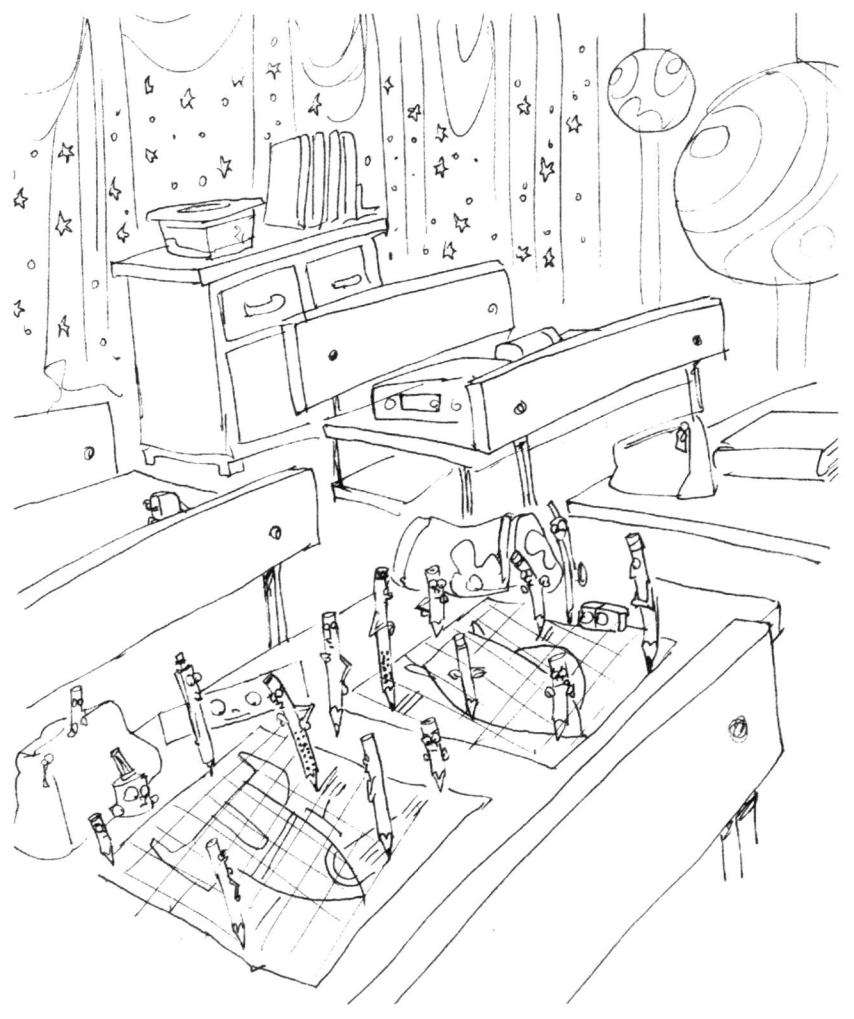

페니와 폴리는 랄프와 사라 필통의 필기구들과 함께 대책

을 마련하고 있었다. 모두들 땀을 뻘뻘 흘리며 열심이었다.

검은 매직펜이 공격을 개시하기 전에 만반의 준비를 마쳐야

했기 때문이다.

"서둘러야 해! 검은 매직펜 눈에 띄면 모든 계획이 물거품이 되고 말 거야."

페니가 외쳤다.

"페니, 우리도 최선을 다하고 있어."

랄프와 사라의 색연필들이 울먹였다.

그런데 갑자기 경보음이 울렸다. 망을 보고 있던 지우개 얼룩이가 낸 소리였다. 누군가 밖으로 나오려는 것처럼 버트 필통이 살짝 흔들렸기 때문이다. 페니가 다급하게 말했다.

"녀석이야! 모두들 필통 안으로 돌아가. 서둘러야 해!"

연필들이 모두 안전하게 필통 속으로 숨자 페니도 필통 지퍼 안으로 몸을 밀어 넣었다. 하지만 너무 늦고 말았다. 검은 매직펜이 페니의 어깨를 단단히 거머쥐었다. 그러고는 페니를 필통에서 끌어냈다. 페니는 순식간에 책상 한쪽 구석으로 내동댕이쳐졌다.

책상에 널브러진 페니 앞으로 거대하고 검은 필기구가 성큼성큼 다가왔다. 검은 매직펜이었다. 녀석이 위협적인 목소리로 고함을 쳤다.

"연필 페니 양! 이렇게 달 밝은 밤에, 왜 필통 밖을 서성이고 있지?"

고개를 들어 올려다본 순간, 페니는 자기의 두 눈을 도저히 믿을 수 없었다. 무시무시한 근육들이 녀석의 플라스틱 몸통 밖으로 삐져나와 있었다. 덩치가 전보다 거의 두 배는 커진 것 같았다. 스푸트니크의 말이 옳았다. 연필들이 모두 힘을 합친다고 해도, 결코 새로워진 검은 매직펜을 이길 수 없을 것 같았다.

"네가 신병 훈련소에서 돌아온 걸 알고 있었어." 페니가 입을 열었다.

"그래. 그곳에서 보낸 시간은 벌이라기보다 오히려 휴가 같았지. 그렇게 멋진 곳에 보내 주다니, 쿠베르펜 남작이 얼마나 고마

운지 몰라."

검은 매직펜이 의기양양한 표정으로 말했다.

"그렇게 좋았다면서, 신병 훈련소를 왜 나온 거야?"

페니가 물었다. 그러자 검은 매직펜이 음흉한 미소를 지으며 대답했다.

"내 목표는 오직 하나였어. 새벽 다섯 시 기상, 무시무시한 훈련 그리고 아침마다 억지로 먹어야 하는 마늘로 양념한 달팽이 요리까지! 신병 훈련소에서의 모든 시간을 견디게 해 준 단 하나의 목표가 있었거든. 그게 뭔지 듣고 싶나, 연필 페니?"

"내가 듣고 싶지 않아도 넌 말할……."

검은 매직펜이 페니의 말을 싹둑 자르며 천둥 같은 소리를 냈다.

"복수! 나의 모든 계획을 물거품으로 만들고, 매직펜 병사들이 나를 거역하게 만들고, 나를 바보로 만들어 버린 자에 대한 복수. 물론, 그자는 바로 너다!"

하지만 이 정도 엄포로 기죽을 페니가 아니었다. 페니는 작지만 당당한 목소리로 물었다.

"너, 나를 없애 버릴 생각이니?"

검은 매직펜이 고개를 저었다.

"오, 그렇지는 않아. 신병 훈련소에서 배운 게 하나 있거든. 죽음보다 훨씬 더 끔찍한 게 있더라고. 그래서 널 없애기보다, 더 끔찍한 일을 하기로 결심했지. 난 네가 세상에서 가장 걱정하는 존재를 철저하게 무너뜨릴 거야. 바로…… 랄프를 말이야!"

이번에는 페니도 두려움을 감출 수 없었다.

"너, 너……, 랄프를 해, 해칠 작정이니?"

페니가 더듬거리며 물었다.

"녀석을 해쳐? 내가 좀 전에 죽음보다 더 끔찍한 게 있다고 말하지 않았나? 난 녀석을 해치지 않을 거야. 그 대신 녀석이 하는 모든 일을 망쳐 놓을 생각이지. 앞으로 녀석이 제출하는 숙제는 모두 엉망이 돼 있을 거야. 나 때문에! 받아쓰기 시험도 모조리 망쳐 버릴 거고. 바로 내가! 그리고 녀석의 바른 생활 여자 친구한테도 똑같이 해 줄 생각이지!"

검은 매직펜이 콧방귀를 뀌며 보란 듯이 떠들어 댔다.

"그만둬!"

페니가 다급하게 외쳤다.

"넌 그냥 지켜보기나 하라고."

검은 매직펜은 어느 틈에 모자를 벗고 랄프의 로켓 디자인에 빈틈없이 낙서를 하면서 으름장을 놓았다.

랄프의 로켓 디자인을 온통 시커멓게 만들고 난 뒤, 검은 매직펜이 페니를 향해 히죽거렸다. 그리고는 옆 책상으로 굴러가 사라의 로켓 디자인에도 낙서를 하기 시작했다.

"이것도 칠해야지. 꼼꼼히, 꼼꼼히."

검은 매직펜은 얄밉게 웃으면서 모자를 꾹 눌러쓰더니 버트의 필통으로 향했다. 녀석의 기분 나쁜 웃음소리가 교실 안에 메아리쳤다.

"고치기엔 너무 늦어 버렸지만, 그래도 어디 한번 애는 써 보라고!"

녀석이 필통으로 들어가며 소리쳤다.

책상에 꼼짝 않고 앉아 있던 페니는 버트의 필통 지퍼가 완전히 닫히자마자 벌떡 일어났다. 그러고는 얼른 휘파람을 불었다.

맥과 얼룩이와 사라의 연필들이 서둘러 필통 밖으로 뛰어나왔다.

"저 악당 녀석, 속아 넘어갔니?"

폴리가 물었다.

"완전히. 이것들은 얼른 휴지통에 버리자!"

페니가 환하게 웃으며 대답했다.

필기구들은 모두 힘을 합쳐 랄프의 로켓 디자인을 꼬깃꼬깃 뭉치기 시작했다.

　다음 날 아침, 학교에 도착한 사라와 랄프는 책상 앞에 우뚝 멈춰 섰다. 어제 책상 위에 올려 두었던 로켓 디자인이 사라지고 없었기 때문이다. 사라가 책상 위며, 서랍이며, 의자 밑, 심지어 교실 바닥까지 꼼꼼히 살펴봤지만 흔적조차 찾을 수 없었다.

　"내 로켓 디자인이 사라졌어."

　사라가 말했다.

"내 거도 없어."

랄프도 멍한 표정으로 고개를 끄덕였다.

그때 교실 앞쪽에서 버트가 키득거리는 소리가 들렸다.

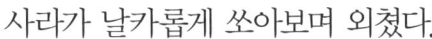

"버트! 너, 내 로켓 디자인에다 무슨 짓을 한 거야?"

사라가 날카롭게 쏘아보며 외쳤다.

"나 아니야. 괜히 생사람 잡지 마셔."

버트가 손사래를 치며 능글맞게 웃는데, 때마침 스워드 선생님이 아침 인사를 건네며 교실에 들어왔다.

"얘들아, 안녕! 다들 완성한 로켓 디자인을 교탁 위에 올려놓을래? 너희들이 행성과 관련된 수학 문제를 푸는 동안, 선생님이 칠판에 붙여 둘 거야. 아, 랄프랑 사라 두 사람은 벌써 냈더라."

랄프와 사라가 어리둥절한 얼굴로 서로를 쳐다봤다.

"그런 기억이 없는데. 혹시 네가……?"

사라가 속삭였다.

"아니야. 난 넌 줄 알았는데……."

랄프가 고개를 저었다.

사라는 스워드 선생님이 칠판에 붙이는 로켓 디자인에서 눈을 떼지 못했다. 그러는 사이 랄프가 사라보다 먼저 수학 문제를 풀었다. 처음 있는 일이었다.

"저건 우리 로켓 디자인이 틀림없어. 그런데 어떻게 선생

님 책상 위에 놓여 있었던 거지? 발이 달린 것도 아니고."

사라가 중얼거렸다.

"뭐 어때. 없어지지 않았다는 게 중요하지. 그리고 더 중요한 건, 내가 너보다 먼저 수학 문제를 풀었다는 거야!"

랄프가 다 푼 수학 문제를 사라의 코앞에서 자랑스럽게 흔들며 말했다.

스워드 선생님이 마지막 로켓 디자인을 칠판에 붙였을 때였다. 누군가 교실 문을 두드렸다.

"특별 손님이 오신 모양이네. 모두 연필을 내려놓고, 주목!"

선생님이 빙그레 미소를 지으며 교실 문을 향해 다가가는 동안, 아이들은 연필을 내려놓고 서둘러 바른 자세로 고쳐 앉았다. 드디어 교실 문이 열리고, 비행복을 입은 키 큰 여자 한 분이 성큼성큼 걸어 들어왔다.

"얘들아, 우리를 찾아 주신 특별 손님, 스텔라 네뷸러 님께 인사 드리자."

스워드 선생님이 손님을 소개했다.

"안녕하세요, 네뷸러 님."

아이들이 한목소리로 인사했다.

"안녕하세요, 미래의 우주 비행사 여러분!"

네뷸러 님도 따뜻하게 인사를 건넸다.

"진짜 우주 비행사이신가요?"

말콤이 눈을 빛내며 물었다.

"맞아요. 국가궤도위성협회에 소속되어 있는 우주 비행사예요."

네뷸러 님이 고개를 끄덕였다.

"어떻게 우주 비행사가 되셨나요?"

사라가 몹시 궁금한 듯 물었다.

"학교 공부를 무척 열심히 했어요. 특히 수학과 물리학 공부를 많이 했지요."

"물리학이 뭐예요?"

시애라가 질문했다.

"힘과 사물이 움직이는 방식을 비롯해서 우주 생성과 구조에 대해 연구하는 학문이에요. 그런데 우주 비행사가 되려면 공부도 중요하지만 체력도 아주 좋아야 해요. 그래서 저는 운동도 많이 하는 편이에요."

네뷸러 님의 대답이 끝나기 무섭게 숀이 물었다.

"우주에 가 보셨어요?"

"몇 번 가 보았죠. 우주선을 벗어나서 무중력 상태에서 하는 우주 유영도 다섯 번 해 보았고요."

우주 학습 주일 동안 우주에 대해 공부했기 때문에, 아이들은 우주 유영에 대해 잘 알고 있었다. 그래서 더욱 감동받은 눈치였다. 우주복을 입고 우주선 밖으로 나가다니, 상상만 해도 엄청 근사해 보였다.

"여러분들은 그동안 로켓 디자인을 완성하느라 무척 바빴겠네요."

"네, 맞아요. 다들 아주 열심이었지요. 아이들이 완성한 로켓 디자인들을 여기 칠판에 붙여 두었어요."

네뷸러 님이 로켓 디자인 이야기를 꺼내자 스워드 선생님이 나서서 대답했다.

아이들의 로켓 디자인을 꼼꼼히 살피던 네뷸러 님이 버트의 작품 앞에 멈춰 서서 말했다.

"모두 정말 근사하네요. 그중에도 이 작품은 추진 장치가 특히 눈에 띄어요. 스워드 선생님, 제가 한 말씀 드려도 될까요?"

스워드 선생님이 네뷸러 님에게 다가갔다. 몇 분 동안 네 뷸러 님과 귓속말을 나눈 선생님이 이윽고 입을 열었다.

"네뷸러 님께서 너희들 작품에 무척 감동을 받고, 중대 발표를 하기로 결심하셨다고 해요!"

모든 아이들이 숨을 죽인 채 선생님 말씀에 집중했다. 랄 프와 사라의 연필들도 까치발을 하고서 필통 밖을 내다보았 다. 모두 한껏 들떠 있었다.

네뷸러 님이 선생님의 말을 이어받았다.

"해마다 국가궤도위성협회에서는 미래의 우주 비행사들 을 위해 특별한 우주 캠프를 열어요. 저는 여러분이 완성한 작품들을 보고, 바로 이 교실 안에 미래의 우주 비행사들 이 가득하다는 걸 느낄 수 있었어요."

아이들이 서로 뿌듯한 눈길을 주고받았다.

"정말 기쁜 소식이지죠? 하지만 나쁜 소식도 있어요. 우 주 캠프에 오고 싶어 하는 어린이들이 너무 많아서, 지금 남아 있는 자리는 셋뿐이에요."

그 말을 듣고 몇몇 아이들이 고개를 떨구었다. 하지만 대 부분의 아이들은 자기가 셋 중 하나가 되어 우주 캠프에 가게 될지 모른다는 희망에 부풀었다.

"지금부터 호명할 세 사람이 우주 캠프에 참가할 자격을 갖게 될 거예요. 뛰어난 로켓 디자인을 기준으로 뽑았고, 특별한 순서 없이 부르도록 할게요. 우주 캠프에 참가할 첫 번째의 미래 우주 비행사는, 사라!"

아이들 모두 사라에게 축하의 박수를 보냈다.

"정말 잘했어! 우주 캠프에 가게 되다니, 진심으로 축하해!"

랄프도 사라의 어깨를 두드리며 격려해 주었다. 필통 속 연필들도 덩실덩실 춤을 추느라, 책상 위에 놓인 사라의 필통이 이리저리 씰룩거렸다.

네뷸러 님이 다시 입을 열었다.

"다음 우주 캠프 참가자는, 랄프!"

아이들이 다시 큰 박수를 보냈고, 사라도 팔꿈치로 랄프 옆구리를 슬쩍 찌르며 말했다.

"이봐, 친구! 우리 우주 캠프에 함께 가게 되었어!"

그 순간 랄프 필통이 요동쳤다. 페니와 필기구들이 서로 얼싸안고 폴짝폴짝 뛰었기 때문이다. 하지만 랄프와 사라도 몹시 흥분한 상태였기 때문에 이를 눈치채지 못했다.

　이제 모두가 숨을 죽인 채, 네뷸러 님의 입을 바라보았다.

마지막 한 사람이 자기가 되기만을 빌었다.

　"그리고 행운의 마지막 캠프 참가자는, 버트!"

　"아싸! 일주일 동안 학교 안 와도 된다!"

　버트가 자리에서 벌떡 일어나 외쳤다.

　"음, 기대했던 태도는 아니지만, 뽑힌 사람 모두 축하해

요. 그럼 다음 주에 우주 캠프에서 만나요! 각자 완성한 로켓 디자인을 가져오는 것 잊지 말고. 모두 즐거운 주말 보내도록 해요!"

9

버트? 에설버트!

드디어 월요일 아침 해가 밝았다. 우주 캠프에서의 첫날을 손꼽아 기다려 온 페니와 필기구들은 새벽같이 일어나 있었다.

"아, 우주 캠프! 거기 가면 잘생긴 우주 펜들이 우글우글할 것 같지 않니?"

노란 색연필이 들뜬 목소리로 외쳤다.

"제발 그랬으면! 여긴 우주 펜이 달랑 둘밖에 없으니, 어디 말 한마디라도 나눌 수 있겠니?"

초록 색연필이 고개를 끄덕이며 로즈와 스칼렛을 질투 어린 시선으로 바라보았다. 로즈와 스칼렛은 스푸트니크, 유리와 함께 아침을 먹고 있었다.

"우주 캠프 교관들이 훨씬 더 힘도 세고 근사하게 생겼을

거야. 공짜로 나눠 주는 저 둘보다는 말이야."

노란 색연필이 이야기하자 초록 색연필도 맞장구를 쳤다.

"맞아. 내가 장담하는데, 우주 캠프는 저 우주 펜들이랑
은 차원이 다를걸?"

수다쟁이 색연필 둘이 까르르 웃음을 터뜨렸다.

"랄프와 사라가 진짜 로켓을 만들면 우리도 그 로켓을 타
볼 수 있을까?"

페니가 맥에게 물었다. 그런데 맥이 대답할 틈도 없이 수정액이 끼어들었다.

"이런, 이런! 페니 너, 네뷸러 님이 우주 비행사가 되는 과정에 대해 했던 얘기 까맣게 잊은 거야? 몇 년 동안 열심히 공부하고 체력 훈련도 해야 한다고 했잖아. 아마 우주 비행사들이 사용하는 필기구도 그래야 할 거야."

가만히 듣고 있던 페니가 수정액에게 따져 물었다.

"넌 왜 항상 남의 기분을 망쳐 놓는 거니? 넌 내가 뭔가에 흥분할 때마다 그랬어. 먼저 열심히 공부……."

그러자 수정액이 페니의 말을 잘랐다.

"그게, 난 네가 그렇게 높은 꿈을 갖지 않기를 바라……."

이번에는 페니도 지지 않았다.

"하지만 그게 바로 우주 캠프의 목적이라고. 하늘은 끝이 없는 거니까."

중재하는 데는 익숙하지 않지만 맥이 조심조심 말을 꺼냈다.

"아유, 뭐가 이리 심각해! 그만, 그만. 우주 캠프에서의 시간이 마냥 즐겁지만은 않을 거야. 버트도 우주 캠프에 가잖아. 그건 우리 모두 알고 있는 누군가도 함께 간다는 뜻이고."

얼룩이도 거들었다.

"그리고 우리 중 하나라도 우주에 가는 데 성공한다면,

녀석은 온갖 비열한 수단을 동원할 게 분명해. 지구로 다시 돌아올 수 없게 만들려고 말이야!"

누군가 다른 의견을 내놓기도 전에, 필통 양쪽 벽이 필기 구들을 향해 바짝 다가왔다. 그 순간 필기구들은 위협적인 검은 매직펜에 대한 생각은 까맣게 잊고 말았다.

"드디어 출발이야! 랄프가 우리를 가방에 넣고 있어. 우리 모두 우주 캠프에 가는 거라고!"

페니가 신이 나서 외쳤다.

✳

차에서 랄프를 기다리던 엄마가 외쳤다.

"서둘러, 랄프! 사라를 데리러 가기로 사라 할머니랑 약속 했단 말이야. 이제 5분밖에 안 남았어. 그리고 버트도 태워 가야 해."

"저도 알고 있어요."

랄프가 가방에 잠옷을 구겨 넣고 현관으로 달려가며 투덜 거렸다.

"드디어 꼬마 우주 비행사가 나타나셨군. 속옷은 넉넉히
챙겼지?"

엄마가 차에 타는 랄프의 머리칼을 흩뜨리며 말했다.

"그럼요."

랄프는 사라와 버트가 타기 전에 속옷 얘기를 해서 천만
다행이라는 생각이 들었다.

"손수건도 충분하고?"

"물론이죠."

다행히 사라 집에 도착하기 전에 엄마의 궁금증은 모두
해결되었다.

사라와 할머니가 현관에 서서 랄프 엄마의 차를 기다리고 있었다. 사라는 짐 가방을, 할머니는 케이크 상자처럼 보이는 것을 들고 있었다.

"케이크를 좀 준비했어. 우주 캠프 음식이 입에 맞지 않을 경우를 대비해서 말이야. 하지만 이건 채소를 모두 먹으려고 최선을 다한 다음에 먹어야 한다."

"약속할게요, 할머니."

사라가 씩씩하게 대답했다.

"그럼 됐다. 잘 다녀와!"

할머니는 차가 보이지 않을 때까지 손을 흔들며 사라와 아쉬운 작별을 했다.

버트 집 앞에 차를 세운 뒤, 랄프 엄마가 짧게 경적을 울렸다. 하지만 버트는 그림자도 비추지 않았다.

"이 녀석, 어디 있는 거지?"

랄프 엄마가 걱정스럽게 말했다.

"그냥 우리끼리 가면 안 돼요?"

"랄프! 그건 옳은 행동이 아니야."

엄마가 딱 잘라 나무랐다.

"치, 버트는 너무 심술궂단 말이에요."

랄프가 구시렁대자 엄마가 심부름을 시켰다.

"얼른 가서 문 좀 두드려 봐."

"꼭 그래야 해요? 경적을 다시 울려 보면 안 돼요?"

랄프가 다 기어 들어가는 소리로 물었다. 그러자 엄마가 고개를 저었다.

"이웃 사람들한테 폐를 끼치고 싶지 않아서 그래."

하지만 랄프는 팔짱을 낀 채 의자에 깊숙이 기대앉아 꼼짝하지 않았다.

"랄프! 어서 가서 문을 두드리지 않으면, 엄마도 너희들을 우주 캠프에 데려다주지 않을 거야."

엄마가 엄포를 놓았다.

랄프가 마지못해 안전띠를 풀고 차에서 내렸다. 그런 다음 앞마당을 성큼성큼 지나서 현관 초인종을 눌렀다.

버트가 기다리고 있었다는 듯 바로 문을 열었다.

"내 가방 좀 들어 주면 고맙겠어."

버트가 거드름을 피우며 제 가방을 랄프 품에 안겨 버리더니 차를 향해 어슬렁어슬렁 걸어갔다.

랄프가 가방을 바닥에 떨어뜨렸다. 쿵 하고 제법 큰 소리가 나자 버트가 뒤를 돌아보았다.

"왜? 너무 무거워서 그러냐?"

"네가 들어. 네 거니까 직접 들라고."

랄프는 버트가 한마디 더 하기 전에 톡 쏘아붙였다. 그리고는 후다닥 차 안으로 들어가서 사라와 케이크 옆에 자리

를 잡고 앉았다.

"저쪽으로 좀 들어가시지."

짐칸에 가방을 실은 버트가 사라 쪽 문을 열며 말했다.

버트가 하는 짓을 지켜보고 있자니, 랄프 엄마도 슬슬 화가 나기 시작했다. 아이들이 왜 버트를 싫어하는지 알 것 같았다.

"버트, 아줌마 옆에 타도 돼."

엄마가 버트에게 앞자리를 허락했다. 버트가 금세 뒷문을 쾅 닫자 랄프가 항의했다.

"쟤는 왜 앞자리에 타요?"

버트가 앞문을 열기 전에 엄마가 얼른 설명했다.

"저 녀석이 뒷자리에 앉아서 너희 둘을 괴롭히지 못하게 하려고 그러지."

버트 때문에 출발이 좀 늦어지긴 했지만, 우주 캠프에는 제시간에 도착할 수 있었다. 엄마가 정문 앞에 차를 세웠다. 문 위쪽에 '국가궤도위성협회' 간판이 커다랗게 붙어 있었다. 정문 옆 경비 초소에서 군인 한 명이 나오더니 랄프 엄마에게 이름을 물었다.

"산드라 놀런입니다. 제 아들과 아들 녀석 친구 둘을 우주 캠프에 데려다주려고 왔어요."

군인이 명단을 확인하며 물었다.

"누가 랄프 놀런이지?"

"저예요."

랄프가 손을 번쩍 들었다.

"꼬마 숙녀 이름은?"

"사라 모나건입니다."

군인이 명단에 있는 사라의 이름에 표시를 했다.

"전 버트 오리어리예요."

버트가 더는 기다리지 못하고 묻기도 전에 자기 이름을 말했다.

"오리어리, 오리어리……. 혹시 버트가 집에서 줄여 부르는 이름이니?"

군인이 명단을 꼼꼼히 살피며 물었다.

"그게……."

버트가 우물쭈물했다. 그러는 사이 얼굴이 점점 벌겋게

달아올랐다.

"내가 가지고 있는 명단에 '버트 오리어리'는 없구나. 하지만 '에설버트'는 있어."

"그게 저예요……."

버트가 기어 들어가는 목소리로 대답했다.

랄프와 사라는 터져 나오는 웃음을 참느라 두 손으로 입을 꾹 막았다.

군인이 명단에 적힌 버트의 이름에 표시를 했다. 그런 다음 랄프 엄마를 향해 고개를 돌렸다.

"어머니, 이곳은 군사 시설입니다. 명단에 이름이 없는 어머니께서는 안으로 들어가실 수 없습니다. 자녀분과 친구들은 여기서부터 걸어가야 합니다. 이해해 주시기 바랍니다."

모두 차에서 내린 뒤, 아이들은 뒤쪽 짐칸에서 각자의 가방을 꺼냈다.

"좋은 시간 보내고 와! 사라도, 알았지? 그리고 너도, 에설버트!"

엄마가 군인 앞에서 랄프를 따뜻하게 안아 주며 작별 인사를 했다.

버트는 얼굴을 잔뜩 찌푸린 채 걸음을 서둘렀다. 이제는 아예 대놓고 웃어 대는 랄프와 사라 때문에 쥐구멍에라도 숨고 싶은 심정이었다!

10

우주 캠프 환영식

랄프와 사라는 성큼성큼 앞서 걸어가는 버트 뒤를 조용히 따라갔다. 자꾸만 터져 나오는 웃음을 도무지 참을 수가 없어서 버트와 적당히 거리를 두고 걸었다. 약이 바짝 오른 버트 녀석이 언제 또 심술을 부릴지 알 수 없었기 때문이다. 세 사람은 곧 널찍한 잔디밭에 도착했다. 단상 앞으로 의자들이 줄지어 놓여 있고, 또래로 보이는 아이들이 꽤 많이 앉아 있었다. 모두들 하나같이 들뜬 얼굴이었다.

랄프와 사라는 최대한 버트와 멀리 떨어진 곳에 자리를 잡았다. 안경을 쓴 작은 여자애 옆자리였다. 두 사람이 자리에 앉자 여자애가 인사를 건넸다.

"안녕, 난 애쉴링이야."

"난 사라야. 이쪽은 랄프고."

사라도 미소로 답했다.

점점 더 많은 아이들이 도착했고, 신기하게도 도착한 아이들마다 애쉴링에게 인사를 했다. 좀 먼 곳에 앉은 아이는 손을 흔들어 보이기도 했다.

"너, 꽤 유명한가 보다."

사라가 여자애에게 말을 걸었다.

"아, 어떤 분야에서만."

대답을 하는 애쉴링의 두 뺨이 붉어졌다.

"어떻게 여기 모인 아이들이 모두 너를 알아?"

랄프가 고개를 갸웃했다.

"수학 캠프나 화학 캠프…… 이런 캠프가 있을 때마다 항상 만나는 애들이라서 그래. 너희들은 이런 특별 학습 캠프에 처음 참가하는 거야?"

애쉴링이 뒤쪽에 앉은 쌍둥이 형제에게 손을 흔들며 대답했다.

"어, 우린 처음이야."

사라가 대답했다. 그러면서 문득, 난생처음으로, 자기가 반에서 제일 똑똑한 아이가 아닐지도 모른다는 생각이 들었다.

"그럼, 이것만 기억해 둬. 다른 모든 아이들과 마찬가지로, 너희도 여기에 있을 권리가 있어. 그러니까 누구든 너희를 겁주거나 괴롭히면 그냥 내버려 두지 마."

애쉴링이 충고했다.

그때였다. 긴 머리를 높이 올려 묶고, 화장까지 한 여자아이가 반갑게 외쳤다.

"애쉴링!"

그러고는 랄프와 사라 너머로 몸을
구부리더니 애쉴링을 안아 주었다.

"안녕, 후니."

애쉴링이 대답했다. 하지만 그리
반가워하는 목소리는 아니었다.

"누구야? 새 친구들이니?"

후니가 랄프와 사라를 향해 눈을
잔뜩 내리깔고 물었다.

"사라와 랄프야. 캠프에는 처음 참가
하는 거래."

애쉴링이 대답했다. 그러자 후니가 놀
랍다는 표정을 지으며 물었다.

"정말? 여긴 어떻게 왔니? 행운권이라
도 당첨된 거야?"

"아니. 우린 로켓 디자인 과제를 아주 잘해서 오게 된 거
야."

사라가 말했다.

"그래? 그럼 너희 둘 다 우주 비행사 꿈나무들이겠구나.

음, 중력 렌즈에서 빛의 굴절에 대한 네 의견이 뭔지 말해 줄래?"

후니가 콧방귀를 뀌었다.

"글쎄……. 난…… 딱히 의견이 있지는 않은데……."

사실 사라는 후니의 질문을 한마디도 이해할 수 없었다.

"생각해 본 적도 없겠지."

후니는 쌀쌀맞게 돌아서서 다른 아이들 옆에 앉았다.

"신경 쓰지 마. 쟤, 지금 화가 나서 저래. 환경 캠프에서 수소 전지 연료에 대한 대회가 있었는데, 2등을 했거든."

"1등은 누구였어?"

랄프가 물었다. 그러자 얼굴이 홍당무처럼 변한 애쉴링이 털어놓았다.

"음, 그러니까……. 그게, 나였어."

애쉴링은 관심을 다른 데로 돌리려는 듯 일부러 큰 목소리로 외쳤다.

"안녕하세요!"

잔디밭에 마련된 단상에 비행복을 입은 스텔라 네뷸러 님이 나타났다. 같은 옷을 입은 네 사람이 함께 서 있었다.

"우주 캠프에 온 것을 환영합니다. 이곳에서 미래의 우주 비행사들과 우주 공학자들을 만나게 되어 무척 기쁘네요. 이번 한 주 동안, 우리는 아주 특별한 로켓을 만들 거예요. 물론 일주일 내내 그 일만 하는 것은 아니에요. 우주 캠프 에 머무는 동안, 여러분은 진짜 우주 비행사와 우주 공학자 처럼 생활하게 됩니다. 여러분은 그들과 똑같은 제복을 입

고, 똑같은 훈련을 하고, 똑같은 교육을 받을 거예요. 우린 여러분이 행동도 그들처럼 해 주기를 바랍니다. 자기 몸과 지내게 될 숙소를 항상 청결하게 유지하고, 이곳에서 진행되는 모든 일에 최선을 다해야 합니다. 질문 있나요?"

네뷸러 님이 아이들을 둘러보며 물었다.

랄프는 혹시 네뷸러 님이 실수로 자기를 이 캠프에 참가시킨 것이 아닌지 손을 번쩍 들고서 묻고 싶었지만 꾹 참았다.

"그럼 일주일 동안 함께하게 될 이곳 우주 캠프 교관들을 소개하겠습니다. 비행 훈련을 맡은, 솔 플레어 선장님."

네뷸러 님이 소개하자 플레어 선장이 한 발짝 앞으로 나와 경례했다.

"행성 과학에 대해 가르쳐 주실, 우슐라 메이저 교수님."

메이저 교수가 한 걸음 앞으로 나와 플레어 선장과 똑같이 경례했다.

"우주 항해 전문가, 콘 스텔레이션 중위님."

스텔레이션 중위도 앞으로 나와 경례했다.

"그리고 아인슈타인의 상대성 이론, 특히 쌍둥이 역설 전문가이신, 젬마 나이 박사님."

나이 박사가 앞서 소개된 사람들과 똑같이 한 걸음 앞으로 나와 경례했다.

　네뷸러 님이 나머지 설명을 해 주었다.

　"물론 저도 여러분에게 우주 공학을 가르치고, 로켓 만드는 과정도 감독할 거예요. 하지만 그러기에 앞서, 여러분이 묵을 숙소로 안내할게요. 여러분은 숙소에 짐을 내려놓고, 우주 캠프 제복으로 갈아입으면 됩니다. 여학생들은 저를, 남학생들은 플레어 선장님을 따라가세요."

　랄프는 사라와 애쉴링이 다른 여학생들과 함께 숙소로 이동하는 것을 멍하니 보고 있다가 뒤늦게 허둥지둥 남학생들을 쫓아갔다. 버트가 맨 끝에 서서 묘하게 다정한 눈길로 랄프를 기다리고 있었다. 랄프가 헐떡이며 겨우 따라잡자, 버트가 말을 걸었다.

　"너, 한꺼번에 이렇게 많은 멍청이들을 본 적 있어? 이 녀석들은 여름 방학을 미적분 캠프에서 보내는 걸 근사한 일이라고 생각해. 난 이름도 괴상한 그 미적분이 뭔지도 모르지만."

　앞서 걸어가던 남학생 몇 명이 뒤를 돌아봤다. '미적분'이

라는 말에 귀가 쫑긋했기 때문이다.

"이런 얘기를 왜 나한테 하는 건데?"

랄프가 나지막이 물었다. 그러자 버트가 랄프 어깨를 한 대 찰싹 때리면서 대답했다.

"내가 이런 말을 하게 될 줄은 상상도 못했어. 근데 너랑 내가 이 우주 캠프에서 제일 멋진 것 같다. 그리고 여기서 보니까 사라도 무지 평범하지 뭐야. 이 멍청이들에 비해서 말이야."

멍청이라는 말에, 앞서 가던 아이들이 실눈을 뜨고 버트를 노려봤다.

"너희 엄마 말씀 벌써 잊었니? 좋은 얘기가 아니면, 아예 입도 뻥긋 말라고 하셨잖아."

랄프가 눈치를 줬다.

"무슨 소리야. 내가 엄마 말을 얼마나 잘 듣는데!"

버트가 시치미를 뗐다.

"그래, 나도 네 얘기 아주 잘 들었다!"

랄프가 서둘러 버트를 앞지르며 외쳤다.

남학생 숙소에 도착하자, 플레어 선장이 말했다.

"다 왔습니다. 침대마다 이름이 적혀 있으니 정확히 5분 안에, 자기 이름을 찾고 제복으로 갈아입도록 합니다. 그럼 09시 20분 정각에 이곳으로 다시 집합합니다. 늦는 사람은 화장실 청소라는 걸 잊지 말도록!"

아이들은 헐레벌떡 뛰어갔다. 화장실 청소는 피하고 싶었으니까. 랄프는 문 앞에서 두 번째 2층 침대 위쪽에서 자기 이름을 찾아냈다. 그리고 버트가 숙소 안으로 쭉 걸어 들어가는 것을 보고 안도의 한숨을 내쉬었다.

랄프는 사물함에 가방을 넣고 얼른 제복으로 갈아입었다. 제복은 교관들이 입었던 것과 꼭 같은 모양의 비행복이었는

데, 윗주머니에 랄프 이름이 실로 새겨져 있었다.

"안녕, 랄프. 난 콜린이야. 우리 이제 침대 친구네. 같은 침대를 쓰게 됐으니까. 설마 너, 밤에 코 골지는 않겠지? 물리학 캠프에서 같은 침대를 썼던 친구는 코를 무지 심하게 골았거든. 코끼리랑 같이 자는 거 같았다니까."

'콜린'이라고 새겨진 제복을 입은 남자아이가 인사를 건넸다.

"내가 코 고는 걸 들어 본 적은 없어. 그때마다 항상 자고 있었거든."

랄프의 말에 콜린이 웃음을 터뜨렸다.

"너 정말 재밌다."

콜린이 랄프와 어깨동무를 하고 걸어가면서 말했다.

"우리 아무래도 좋은 친구가 될 것 같다."

남학생들이 모두 숙소를 떠나자, 페니도 필통에서 쏙 빠져
나왔다. 그러고는 랄프의 사물함 아래쪽 환기창을 통해 바
깥 상황을 자세히 살폈다.

"뭐가 보여?"

얼룩이가 물었다.

"침대가 두 줄로 놓여 있고, 사이사이에 사물함이 있어."

페니가 대답했다.

"그럼, 우린 교실에도 못 들어간 거야?"

맥이 투덜거렸다.

"아무래도 그런 것 같아."

페니가 고개를 끄덕였다.

"다른 건 또 뭐가 보이나?"

스푸트니크도 궁금한 모양이었다.

"아무것도 없어."

페니가 고개를 떨어뜨렸다.

"아무것도? 필기구도 없이 도대체 어떤 특별한 걸 배울 수 있다는 거지?"

맥이 놀라 물었다.

"어쩌면 새로운 펜이 생겼는지도 모른다."

유리가 의견을 내놓았다.

"새로운 펜이 왜 필요하겠어? 이렇게 멋지고 근사한 필기 구들이 필통에 가득……"

페니가 말끝을 흐렸다. 스푸트니크와 유리가 삐삐 하는 소리를 내면서 다른 연필들 위를 날고 있었기 때문이다.

"아!"

페니의 입에서 탄성이 새어 나왔다.

"너무 성급하게 굴지 마. 아이들이 지금 우주 비행사 훈련을 받고 있다면, 아마 연필은 필요 없을 테니까."

수정액이 말했다.

"알겠어……."

페니가 힘없이 대답했다. 우주 캠프에 대한 흥미가 사라지는 느낌이었다.

"좋은 쪽으로 생각하자고. 검은 매직펜도 사물함에 갇힌 신세라면, 랄프에게 해를 끼칠 위험도 그만큼 적어지는 거잖아."

얼룩이가 말했다.

페니는 발가락으로 사물함 철문을 톡톡 두드려 봤다. 생각했던 것보다 너무 얇았다. 이 정도 철문쯤은 검은 매직펜에겐 주먹 한 방 감이었다.

"이제 필통 안으로 들어가서 좀 쉬는 게 어떨까? 오늘 아침 네뷸러 님의 환영사를 들으니까, 앞으로 무지 열심히 공부해야 할 것 같던데. 그러니까 랄프가 책상에 앉아서 글씨

를 쓰려고 할 때, 우리가 최상의 상태를 유지하고 있어야 한
다고."

수정액이 말했다.

페니가 한 번 더 사물함 밖을 살폈다. 검은 매직펜이 아직
은 버트의 사물함을 빠져나가지 않은 것 같았다. 페니는 불
안한 표정으로 발길을 돌렸다. 그리고 친구들이 기다리고
있는 필통 속으로 쏙 들어갔다.

11

예비 교육

남학생들과 여학생들은 아주 높은 건물 앞에서 다시 만났다. 창문이 하나도 없고 금속으로 만들어진 흰색 건물이었는데, 널찍한 철길이 건물 안으로 곧게 이어져 있었다.

"이 건물은 로켓 격납고입니다. 로켓을 보관하고 정비하는 장소지요. 바로 이곳에서, 우리는 위성들을 우주로 운반해 줄 로켓을 만들 겁니다. 여러분도 짐작할 수 있겠지만, 이 건물은 30층 높이로 지어졌습니다. 이곳에 보관되는 가장 큰 로켓의 높이에 맞춘 것입니다."

플레어 선장이 말했다.

"와!"

랄프와 사라가 동시에 탄성을 질렀다. 하지만 다른 아이들은 조금도 새로울 것이 없다는 눈치였다.

이번에는 네뷸러 님이 말했다.

"물론 여러분이 만들 로켓은 이렇게 크지 않습니다. 기억하세요. 여러분이 로켓을 만들 수 있는 시간은 단 일주일뿐! 물론 진짜 로켓 하나를 만들기 위해서는 100명의 사람이 넉 달 동안 힘을 모아야 하지만."

"그렇다면 새로운 인공위성은 1년에 세 개밖에 쏘아 올릴 수 없겠네요?"

후니가 물었다. 이미 답을 알고 있다는 사실을 과시하려는 듯 의기양양한 미소를 지으면서.

"그렇지 않습니다. 사실 우리는 한 번에 여러 개의 위성을 발사할 수 있지요. 때로는 네뷸러 님과 같은 우주 비행사들만 보내기도 해요. 이미 발사한 인공위성들을 수리하거나 성능을 보완하기 위해서 말입니다."

플레어 선장이 대답했다.

이죽거리던 후니의 얼굴이 순식간에 굳어졌다.

"철로는 어떻게 쓰이나요?"

랄프가 물었다.

"눈썰미가 좋네요. 철로는 로켓을 격납고에서 발사대로 이

동시킬 때 사용됩니다. 바로 저쪽으로 가는 겁니다."

플레어 선장이 건물 밖으로 끝도 없이 뻗어 나간 철로를 가리켰다.

"자, 그럼 안에 들어가서 진짜 로켓이 만들어지는 과정을 지켜보고 싶은 사람 있습니까?"

"저요!"

모든 아이들이 흥분해서 외쳤다.

네뷸러 님이 격납고 입구에 서서 안으로 들어가는 아이들에게 모자를 하나씩 건넸다.

"이곳은 위험한 작업이 이루어지는 장소입니다. 그렇기 때문에 안에 머무는 동안에는 모두 안전모를 써야 해요."

격납고 안은 몹시 시끄러웠다. 흰색 작업복을 입은 사람들이 거의 마무리 단계인 로켓에 달라붙어 있었다. 그들은 쉴 새 없이 드릴로 구멍을 뚫고, 망치질을 해 댔다. 로켓이 얼마나 크던지, 격납고 바닥에서 올려다보니 지붕에 가려 끝을 가늠할 수 없을 정도였다.

바쁘게 일하는 사람들이 만들어 내는 소음 때문에 플레어 선장은 한껏 목청을 높여 말했다.

"금요일 오후에 발사 예정인 로켓입니다. 여러분도 수업을 잠시 중단하고 참관할 예정이니 지금 우주 비행 관제소로 이동하도록 합니다."

플레어 선장이 아이들을 이끌고 격납고 입구로 향했다. 그곳에서 기다리던 네뷸러 님이 아이들의 안전모를 다시 거둬들였다.

우주 비행 관제소는 로켓 격납고보다 훨씬 작았다. 아이들은 한 줄로 서서 안으로 들어갔다. 경험 많은 영특한 아이들도 눈앞의 광경에 놀라움을 감추지 못했다. 거대한 화면이 한쪽 벽을 가득 채우고 있었고, 화면 속에는 세계 지도와 이곳에서 쏘아 올린 인공위성의 위치가 나타나 있었다. 그리고 화면을 향해 줄지어 앉은 사람들은 저마다 컴퓨터 화면을 들여다보며 일하고 있었다.

"모두들 어떤 일을 하고 계신 거예요?"

애쉴링이 묻자 플레어 선장이 대답해 주었다.

"위성들의 정확한 위치를 파악하는 중이에요. 위성이 보내 주는 자료를 제대로 받아야 하니까요."

"컴퓨터로 모든 위성의 위치를 파악하면 안 되나요?"

콜린도 궁금한 걸 물었다.

"컴퓨터만으로는 힘듭니다. 아직은 사람의 명령과 판단이 필요하기 때문이지요. 또 다른 질문 있습니까? 없으면 이분들이 일에 집중할 수 있도록 다음 장소로 이동하겠습니다."

플레어 선장이 자세하게 설명한 뒤 아이들을 다음 건물로 안내했다. 건물 안에서는 자극적인 소독약 냄새와 시큼한 땀 냄새가 진동했다.

"이곳은 체육관입니다. 우주 비행사들이 매일 두 시간 이상 이곳에서 운동을 해야 하지요. 역기부터 수영, 에어로빅, 자전거, 조깅에 이르기까지 다양한 종목을 소화합니다. 우주 비행 임무가 주어지면, 운동 시간을 하루 네 시간으로 늘리게 됩니다. 우주 캠프에서 지내는 동안, 여러분도 이곳에서 많은 시간을 보내게 될 것입니다. 비행 훈련 프로그램의 일부이죠."

플레어 선장이 얘기했다.

아이들은 운동 기구 옆을 지나 좁은 복도로 들어섰다. 복도 끝에는 붉은 등이 달린 문이 여러 개 있었다. 플레어 선장이 입을 열었다.

"이곳은 로켓 조종사들을 위한 모의 비행 훈련소입니다. 지금은 실제 훈련이 진행 중인 관계로, 여러분에게 보여 줄 수 없어서 유감이네요. 하지만 약속하지요. 금요일 오후에 집으로 돌아가기 전까지, 여러분 모두 실습을 하게 될 것입니다."

플레어 선장과 아이들은 다시 체육관을 지나 잔디밭으로 나왔다. 그러는 동안 아이들은 들뜬 표정으로 계속 재잘거렸다. 모의 비행 훈련을 직접 하게 된다는 사실에 신이 난 모양이었다.

"왼쪽에 보이는 저 건물은 여러분이 이론 수업을 받게 될 곳이고, 이쪽은 식당입니다."

플레어 선장이 길고 납작한 건물을 향해 걸음을 옮기며 말했다. 그리고 식당 문을 열어 아이들을 안으로 들여보냈다. 안에는 의자와 테이블이 길게 늘어서 있고, 무지무지 맛있는 냄새가 진동했다.

음식이 어찌나 입에서 살살 녹던지, 랄프와 사라는 슬슬 걱정이 되었다. 이대로라면 사라 할머니의 케이크를 먹을 기회가 없을 것 같았기 때문이다. 하지만 숟가락을 내려놓기

무섭게 오후 수업이 시작되는 바람에 오래 고민할 틈도 없었다.

"지금부터 10분을 주겠습니다. 모두 숙소에 들러 필통과 로켓 디자인을 챙긴 다음, 항공 우주 공학 교실에 집합하도록. 늦게 도착하는 사람은 벌칙을 받게 됩니다."

네뷸러 님의 말에 모두들 헐레벌떡 숙소로 달려갔다가 5분도 채 지나기 전에 교실에 다시 모였다. 화장실 청소나 그보다 더 심한 벌칙을 받고 싶은 사람은 아무도 없었다.

네뷸러 님이 흐뭇한 표정으로 입을 열었다.

"모두들 짐작하고 있겠지만, 일주일 안에 로켓을 만든다는 것은 정말 어려운 일입니다. 그래서 짝을 지어서 작업을 할 겁니다."

"멋진걸! 그러면 우리 로켓 친구도 될 수 있겠다. 우린 침대 친구니까."

콜린이 랄프에게 말했다. 하지만 랄프는 고개를 가로저으며 사라와 서로 눈길을 주고받았다. 두 사람은 언제나처럼 서로를 짝으로 고를 생각이었다.

네뷸러 님의 설명이 이어졌다.

"로켓을 함께 만들 짝꿍은 정해 주도록 하겠습니다. 여러분이 직접 정하면 아무래도 아는 사람을 선택할 가능성이 높을 테니까. 모르는 사람과 짝이 되면, 서로에 대해 좀 더 많이 알 수 있는 기회가 되겠지요. 그리고 모두가 공평하게 우승 기회를 갖게 되겠지요."

"내가 좋아하는 방법이야! 그러면 보통 제일 멍청한 아이랑 제일 영리한 아이가 짝이 되거든. 애쉴링이랑 짝이 되면 좋겠다. 그 애가 여기서 제일 똑똑하니까!"

콜린이 소리치자 애쉴링이 성을 냈다.

"쉿! 여기서 멍청한 사람은 아무도 없어. 우주 캠프에 참가한 사람은 다 똑같이 똑똑하거든."

콜린이 랄프를 힐끗 쳐다봤다.

"자, 첫 번째 팀은 애쉬링과 랄프."

네뷸러 님이 짝을 발표하자 랄프는 고개를 푹 숙였다. 콜린의 얘기가 정말 맞을지도 몰랐다. 정말로 애쉬링이 캠프에서 제일 영리한 학생이라면, 이건 네뷸러 님이 랄프를 제일 멍청한 학생으로 여겼다는 뜻이었다.

네뷸러 님이 발표를 계속했다.

"다음 팀은 후니와 에설버트."

비참한 기분이 되어 버린 랄프가 중얼거렸다.

"내가 버트 녀석보다도 멍청하다고 생각하시나 봐."

네뷸러 님은 이름이 적힌 목록을 계속 읽어 내려갔다.

"그리고 맨 마지막 팀은 사라와 콜린입니다. 빠진 사람 있습니까? 없으면 새로 짝이 된 친구에게 가서 서로를 소개하는 시간을 갖겠습니다. 그런 다음 각 팀이 만들 로켓에 대해 이야기를 나누도록!"

랄프와 사라가 서로 자리를 바꿨다.

네뷸러 님이 당부의 말을 잊지 않았다.

"기억하세요. 여러분에게 주어진 시간은 단 일주일뿐입니다. 그러니 지나친 욕심을 부리면 안 됩니다. 금요일 오후,

진짜 로켓이 발사되기 전까지 모두 마무리할 수 있도록 하세요. 그리고 나서 우리도 로켓을 발사할 겁니다. 가장 높이 날아가고, 안전하게 착륙하는 로켓을 만든 팀이 승리를 차지하게 될 겁니다."

사라와 콜린은 어떤 로켓을 만들지를 두고 곧장 열띤 토론에 들어갔다. 두 사람은 서로의 디자인이 형편없다고 여겼다. 이러다가는 로켓을 만들기는커녕, 두 개의 디자인 중에 하나를 고르기도 힘들 것 같았다.

교실에 옹기종이 앉아 있는 아이들도 대부분 자기 디자인을 고집하고 있었다. 하지만 딱 한 팀만은 달랐다.

애쉴링은 랄프의 디자인을 칭찬하느라 바빴다.

"이건 항공 공학적으로 정말 놀라운 작품이야. 어떤 재료를 사용해서 만들 생각이니?"

"사실 거기까지는 생각 못했어."

랄프가 순순히 인정했다. 애쉴링처럼 똑똑한 아이가 자기 작품을 마음에 들어 하는 것이 놀랍기만 했다.

"높이 날아가려면 아주 가벼워야 해."

애쉴링이 말했다.

세상에서 가장 가벼운 것이 뭘까, 생각하고 또 생각하던 랄프가 드디어 외쳤다.

"솜사탕!"

"내 생각에는, 솜사탕은 로켓을 발사할 때 사방으로 흩어져 버릴 것 같아. 그것도 무지 빨리 말이야."

"아이스크림 플라스틱 막대기는?"

랄프가 또 다른 의견을 내놓자 애쉴링이 되물었다.

"폴리스티렌? 그건 열에 너무 약해. 불연성, 그러니까 불에 타지 않는 재료가 필요해. 그렇지 않으면 대기권에 진입할 때 녹아 버릴 테니까."

  뭔가 영감을 얻으려고 랄프가 주위를 둘러봤다. 문득 문
옆 사물함에 들어 있는 방염 담요가 눈에 띄었다. 불에 타
지 않는 담요를 보니 좋은 생각이 났다.

  "로켓을 만든 다음에 불에 타지 않는 물질로 덮어씌우면
어떨까?"

  랄프의 말에 애쉴링도 의견을 보탰다.

  "이를테면 알루미늄포일 같은 거 말이구나."

  "바로 그거야!"

  랄프가 환호성을 질렀다.

  "그럼 이제 좀 더 자세하게 그려 보자."

애쉴링이 웃으며 말했다.

랄프가 필통을 열고 맥을 꺼냈다. 그리고 샤프심이 알맞게 나오도록 맥의 모자를 두 번 눌렀다. 그런 다음 애쉴링의 설명에 귀 기울이면서 조심스럽게 그림을 그려 나갔다.

얼룩이와 페니는 열린 필통 사이로 맥의 모습을 지켜봤다. 맥이 날듯이 지나가고 나면, 종이 위에는 어김없이 세밀한 로켓의 모습이 생겨났다.

"어째서 랄프가 사라 대신 처음 보는 여자애랑 작업하는 거야?"

얼룩이가 페니에게 물었다.

"나도 몰라. 혹시 둘이 다퉜나?"

페니가 고개를 저었다.

"아닌 것 같아. 둘이 여전히 붙어 앉아 있는걸. 그냥 함께 디자인을 하지 않는 것뿐이야."

수정액이 필통 밖 상황을 자세히 살피며 말했다.

"폴리가 너무 가여워."

사라의 모습을 지켜보던 페니가 안타깝게 말했다. 사라는 로켓 디자인 여기저기에 낙서를 하더니 확 구겨 버렸다. 사라 손에 꽉 쥐어져 있는 폴리는 무척 지친 표정이었다.

좀 떨어진 곳에 앉은 버트는 까만 점이 박힌 연필, 깜빡이 녀석을 쓰고 있었다. 버트는 후니가 말하는 대로 그리느라 열심이었다. 버트는 무지 행복해 보였지만, 깜빡이 녀석은 계속되는 후니의 지시에 슬슬 짜증이 나는 눈치였다. 깜빡이 녀석이 버트 윗옷 주머니 앞을 지나갈 때, 페니의 두 눈이 휘둥그레졌다.

"페니, 왜 그래?"

수정액이 물었다.

"버트 이름표를 좀 봐."

페니가 떨리는 목소리로 대답했다.

에설버트라고 적힌 이름표에서 앞의 두 글자 '에설'이 지워지고 없었

다. 그것도 두껍고, 검은, 매직펜 잉크로 말이다.

"여, 역시! 그 녀석도 우주 캠프에 왔구나."

얼룩이가 더듬거리며 말했다.

"우리 예상이 적중했군."

수정액의 표정도 약간 굳어졌다. 이를 본 페니가 주먹을
불끈 쥐며 소리쳤다.

"그러니까 어서 대책을 세워야 해!"

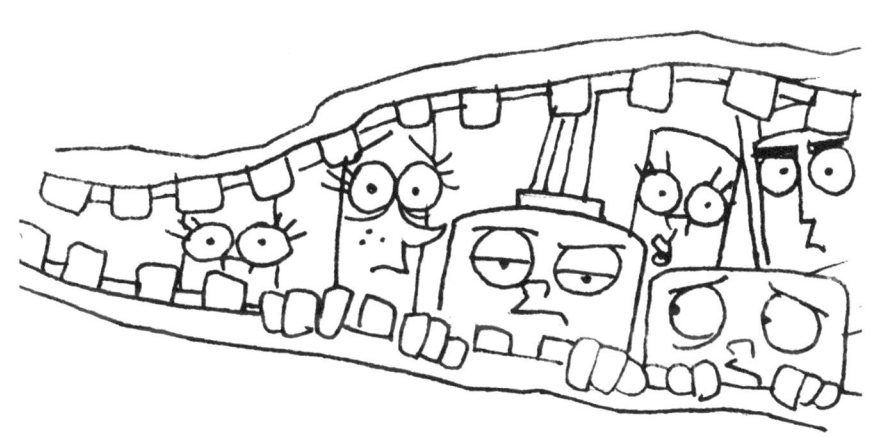

12

수정액의 대활약

그날 밤 내내 페니는 두려움에 떨었다. 다음 날도 마찬가지였다. 랄프가 필통을 사물함에 넣어 두고 숙소에서 나가면, 페니는 얼른 환기창에 달라붙어 밖을 살폈다. 검은 매직펜이 탈출하지 않았는지 확인하기 위해서였다. 랄프가 교실에 있을 때는 버트 필통에서 눈길을 떼지 않았다.

페니의 머릿속은 온통 검은 매직펜에 대한 생각으로 가득했다. 그래서 온갖 흥미로운 것들을 배울 기회를 놓치고 말았다. 금성 표면에 발을 디디면 어떻게 되는지도, 거꾸로 도는 행성이 있는 까닭도 귀에 들어오지 않았다.

하지만 페니의 걱정과는 달리, 하루 종일 아무 일도 일어나지 않았다. 검은 매직펜은 그림자도 보이지 않았고, 깜빡이 녀석도 무척 얌전하게 지내고 있었다. 그런데도 저녁 식사 시간 무렵 페니는 녹초가 되어 있었다.

"오늘 밤에는 검은 매직펜을 지켜보기 힘들 것 같아."

페니가 필통 한쪽 구석에 자리를 잡고 누우며 말했다.

"어서 기운을 차려야 해, 페니. 식사하고 나서 저녁 수업이 남아 있단 말이야."

수정액이 격려했다.

"망원경으로 살펴보면 되잖아. 스워드 선생님의 저녁 수업 때도 랄프는 다른 연필을 썼는걸. 그러니까 이번에도 내가 필요하지 않을 거야."

페니가 늘어지게 하품을 했다.

"너, 못 들었어? 수업 끝나면 관찰 보고서도 내야 해."

맥이 얘기했다. 이어서 얼룩이도 한마디 했다.

"그리고 지난번 망원경 수업 때, 검은 매직펜이 나타났다는 거 잊지 마."

"너희들은 정말 대단해. 축 처진 연필 기운 나게 하는 방법을 너무 잘 알고 있으니 말이야. 그래도 지금은 조금만 쉴게……."

페니가 부널거리며 두 눈을 꼭 감았다. 그러느리 필통 지

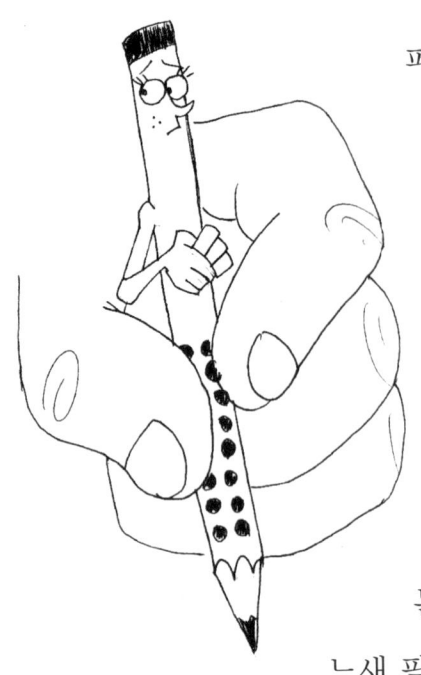

퍼가 열리고 필통 안으로 붉은 빛이 쏟아지는 걸 알아채지 못했다.

"여기 있다."

랄프 손가락들이 페니 옆구리를 휘감더니 필통 밖으로 사라졌다.

부스스 눈을 뜬 페니는 화들짝 놀라고 말았다. 어느새 필통 밖에 나와 있었기 때문이다. 칠흑 같은 어둠 속에서 으스스한 붉은 망원경의 모습이 언뜻언뜻 보였다. 아이들이 손전등을 비추면서 망원경을 조작하는 모양이었다.

"우리가 붉은 손전등을 사용하는 이유는 시력이 손상되는 것을 방지하기 위해서입니다. 우리의 눈은 붉은 빛을 비출 때 사물을 가장 잘 보지요. 지금부터 로켓 격납고 위쪽 하늘을 쳐다보도록 합니다. 그러면 가장 밝은 별을 찾을 수 있는데, 그게 바로 '북극성'입니다. 그곳을 향해 망원경 초

점을 맞추세요."

스텔레이션 중위가 자세히 설명했다.

랄프가 망원경을 움직이느라 페니를 잠시 차가운 풀밭 위
에 내려놓았다. 페니는 온몸을 덜덜 떨었다. 밤이슬이 내려
앉은 풀 사이에 누워 있자니 어찌나 추운지 이가 딱딱 부딪

힐 정도였다. 하지만 다행히 랄프가 금방 다시 페니를 집어
들었다.

"이제 별자리를 이용해서 은하수를 찾아보도록 하겠습
니다."

스텔레이션 중위가 설명을 계속했다.

"밤하늘을 이렇게 자세히 관찰해 보기는 처음이야!"

사라가 북극성에 망원경 초점을 맞추며 말했다.

"서쪽 방향으로 조금 내려가면 W 모양의 별자리가 보일
텐데, 그게 바로 '카시오페이아'입니다. 마음속으로 북극성

에서 카시오페이아의 제일 아래 있는 별까지 선을 하나 그어 봅니다. 그런 다음 그 선의 길이만큼 계속 움직이면 흐릿한 하얀 덩어리를 볼 수 있습니다. 망원경으로 그곳을 자세히 살펴 두도록 합니다.”

스텔레이션 중위가 말했다. 하지만 흐릿한 부분에 초점을 맞추기가 쉽지 않았다.

“우아! 짱이야!”

망원경을 앞에 놓고 투덜투덜, 혼자 낑낑대던 랄프가 마침내 성공한 듯 외쳤다.

“정말 아름답지 않니?”

다른 아이들보다 빨리 초점을 맞추고, 일찌감치 망원경을 들여다보고 있던 애쉴링이 랄프에게 말했다.

“와, 은하수야!”

사라도 탄성을 질렀다.

스텔레이션 중위가 흐뭇한 미소를 지으며 고개를 끄덕였다.

“맞아요. 바로 ‘안드로메다은하’지요. 여러분이 맨눈으로 볼 수 있는 것 중에서 가장 멀리 있는 것입니다.”

“얼마나 먼데요?”

콜린이 물었다.

"200만 광년이나 떨어져 있지요."

스텔레이션 중위가 대답했다.

"그러니까 빛의 속도로 여행을 해도 그곳에 도착하려면 200만 년이나 걸린다는 말씀이죠?"

랄프가 우주 학습 주일에 배운 내용을 떠올리며 질문했다. 지난주 행성에 대한 수학 문제를 풀 때, 스워드 선생님의 설명을 주의 깊게 들은 덕분이었다.

"흥!"

후니가 콧방귀를 뀌자, 버트가 낄낄거리며 웃었다. 로켓 만들기 수업에서 한 팀이 된 다음부터 후니와 버트는 단짝이 되었다. 사실 별로 놀라운 일도 아니었다. 두 사람은 성격이 무지무지 심술맞다는 공통점이 있었으니까!

"돌아갈 때 보고서 제출하는 것 잊지 말도록 하세요. 가지고 있는 별자리표에다 각자 관찰한 것을 모두 기록하도록 합니다."

스텔레이션 중위가 말했다.

랄프는 페니를 내려놓고 맥을 집어 들었다. 선을 그을 때는

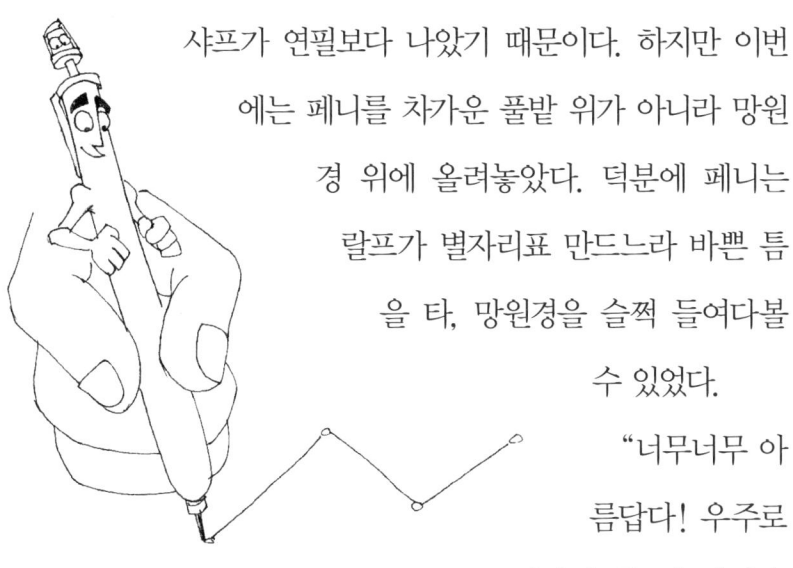

샤프가 연필보다 나았기 때문이다. 하지만 이번에는 페니를 차가운 풀밭 위가 아니라 망원경 위에 올려놓았다. 덕분에 페니는 랄프가 별자리표 만드느라 바쁜 틈을 타, 망원경을 슬쩍 들여다볼 수 있었다.

"너무너무 아름답다! 우주로 날아가 좀 더 가까운 곳에서 별을 볼 수 있으면 얼마나 좋을까!"

페니가 탄성을 내질렀다. 그리고 몹시 아쉬워하며 망원경에서 눈을 떼는 순간, 풀밭을 가로지르는 검은 그림자가 눈에 들어왔다. 랄프의 별자리표로 향하는 것 같았다. 페니는 두 눈을 크게 뜬 채 좀 더 자세히 살피려고 안간힘을 썼다. 하지만 너무 어두워서 제대로 볼 수가 없었다.

수업이 끝날 무렵, 스텔레이션 중위가 말했다.

"자, 여러분. 내일 아침 일찍 플레어 선장님의 수업이 시작되니까 그만 정리하노록 합시다."

랄프는 맥과 페니를 필통
에 넣었다. 그리고 공책
을 등 뒤에 남겨 둔 채,
서둘러 망원경을 챙기
기 시작했다. 페니가
필통 밖으로 고개를
쏙 내밀었다. 그런데 얼
핏 검은 그림자가 랄프의

공책에서 버트의 필통으로 미끄러지듯 움직이는 것 같았다.
페니는 필통 밖으로 고개를 좀 더 내밀었다. 하지만 랄프의
손가락이 페니를 필통 속으로 부드럽게 밀어 넣고 지퍼까지
닫아 버리는 바람에, 그만 포기해야 했다.

랄프가 필통과 공책을 챙겨 들고 숙소로 향했다. 그동안
페니는 자기가 본 것을 수정액과 맥, 얼룩이, 우주 펜들에
게 열심히 설명했다.

"검은 매직펜이 틀림없는 것 같은데. 하지만 어떻게 확인
한담?"

수정액이 말했다.

"우선 랄프의 보고서부터 살펴보자. 검은 매직펜은 랄프의 로켓 디자인을 엉망으로 만들려고 했어. 그러니까 얼마든지 그런 짓을 또 할 수 있다고."

페니가 의견을 내놓았다.

"하지만 어떻게?"

얼룩이가 물었다.

"어렵지 않아. 아이들이 잠자리에 들자마자, 필통에서 살짝 빠져나가서 살펴보면 돼."

페니의 말에 맥의 표정이 어두워졌다.

"뭐 잊은 거 없니? 아이들이 잠들고 나면, 방 안은 온통 깜깜할 거야. 아무것도 볼 수 없다는 뜻이지."

"이럴 때 쓰라고 손

전등이 있는 거지."

페니가 씩 웃으며 말했다.

＊

숙소 안의 불이 모두 꺼지고 10분이 지나자, 긴 하루를 보
낸 아이들은 단잠에 빠졌다. 그러자 아이들이 잠들기만 기
다리던 랄프의 필기구들이 서둘러 움직이기 시작했다. 스푸
트니크와 유리가 나지막이 삑삑 소리를 내면서 필통 밖으로
날아올랐다. 손전등을 찾기 위해서였다. 손전등은 사물함
위쪽 선반에 놓여 있었다. 스푸트니크와 유리가 양쪽에서
손전등을 붙잡았다. 그리고 가까스로 떨어뜨리지 않고 아래
로 옮기는 데 성공했다.

페니와 맥이 공책을 펼쳐 들고 재빨리 한 장씩 넘겼다.

"후유! 아마 내가 헛것을 본 모양이야."

페니가 안도의 한숨을 쉬었다.

공책에는 랄프가 관찰한 것들이 가지런히 적혀 있었다. 페
니가 썼던 그대로였다. 그런데 그때, 맥이 소리쳤다.

"페니, 네가 잘못 본 게 아니었어! 이쪽을 좀 봐. 검은 매직펜 녀석이 랄프의 별자리표를 완전히 망쳐 놨어!"

정말 그랬다. 랄프와 맥이 함께 별자리를 그렸던 페이지가 검은 잉크로 뒤덮여 있었다. 원래 검은 종이였던 것처럼 보일 정도였다.

"이제 어쩌면 좋아? 엉망진창이 돼 버렸잖아."

페니가 울먹였다.

그런데 잠자코 있던 수정액 얼굴에 미소가 피어올랐다.

"아직 다 끝난 건 아니야. 맥, 너 오늘 밤에 그렸던 거 기억할 수 있니?"

"물론이지. 하나도 빠짐없이 다 기억하고 있다고."

맥이 고개를 끄덕였다.

"넌 역시 멋진 녀석이야! 좋아, 그럼 지금부터 나한테 몽땅 다 얘기해 줘."

수정액이 뭔가 마음을 단단히 먹은 듯 외쳤다.

＊

다음 날 아침이 밝았다. 잠에서 깨어난 아이들은 졸린 눈을 비비며 비행 훈련 받으러 갈 준비를 했다. 숙소 입구에서 아이들을 기다리고 있던 스텔레이션 중위가 말했다.

"어젯밤에 여러분의 관찰 보고서 거두는 것을 깜빡했습니다. 지금 바로 제출하면, 수업 시간까지 평가를 마무리해 두도록 할게요."

랄프와 남학생들이 사물함에서 공책을 꺼내 중위에게 건넸다.

"비행 훈련 즐겁게 받도록!"

비행 훈련 집합 장소에는 플레어 선장이 기다리고 있었다. 선장이 기운차게 인사를 했다.

"좋은 아침입니다! 여러분도 잘 알다시피, 우주 비행사들은 뛰어난 체력을 갖춰야 합니다. 그래서 오늘 아침에는 여러분의 체력을 간단히 시험해 보도록 하겠습니다. 먼저 운동장을 달리다가 체력 단련장까지 이동하도록 합니다. 지금부터 저를 따라옵니다. 실시!"

플레어 선장이 번개처럼 출발했다. 하지만 아직 잠에서 덜 깬 탓에, 아이들은 선장 뒤를 따라가기가 여간 힘든 게 아니었다.

몇 분 뒤, 힘차게 달리던 선장이 걸음을 멈추었다. 아이들도 하나둘 선장 곁에 멈춰 섰다. 몇몇 아이들은 허리를 굽힌 채 가쁜 숨을 몰아쉬었다. 그러자 플레어 선장이 외쳤다.

"우주 비행사가 되려면, 이 정도로는 어림도 없습니다. 팔벌려 뛰기 실시!"

플레어 선장이 팔과 다리를 오므렸다 폈다 하면서 제자리
에서 깡충깡충 뛰기 시작했다.

"처음부터 너무 무리할 필요는 없으니까 100번만 합니다."

"100번이라고? 선장님에 비하면, 페인 선생님은 무지무지
친절한 분이었어!"

랄프가 숨을 헐떡이며 중얼거렸다.

한 시간 뒤, 완전히 녹초가 된 아이들이 우주 항해 이론 수업을 들으려고 교실로 모여들었다. 스텔레이션 중위가 밝은 얼굴로 교실 앞에 서서 아이들을 맞아 주었다.

"모두들 어젯밤 관찰 실습을 아주 잘 수행해 주었습니다. 그중에서 가장 높은 점수를 받은 사람은……."

아이들은 숨을 죽인 채 자기 이름이 불리기만을 빌었다.

"랄프!"

깜짝 놀란 랄프가 제 뺨을 꼬집어 보았다. 이게 꿈인가 생시인가 싶었다.

"잘했어, 랄프."

사라가 축하해 주었다.

"야, 너 진짜 멋지다. 계속 파이팅! 침대 친구."

콜린도 자기 일처럼 기뻐했다.

곧이어 스텔레이션 중위가 교실을 돌면서 아이들에게 공책을 나누어 주었다. 버트 차례가 되자 중위가 나지막이 말했다.

"좀 더 열심히 해야겠다, 버트. 랄프 것을 참고해 보면 도움이 될 거야. 우주 캠프에서 기대하는 모든 것을 갖춘 홀

류한 보고서니까.”

그러자 버트가 억지로 다정한 목소리를 냈다.

“네 보고서 좀 볼 수 있을까, 랄프?”

“물론이지!”

랄프는 흔쾌히 대답하며 서둘러 보고서를 한 장씩 넘기기 시작했다. 중위님이 어떤 평가를 남겼는지 궁금해서 견딜 수가 없었다.

랄프 공책을 본 아이들은 놀라움을 감추지 못했다. 흰 바탕에 회색 연필심으로 별을 표시한 자기들의 별자리표와는 확연히 달랐기 때문이다. 랄프가 펼쳐 든 별자리표는 진짜 밤하늘처럼 보였다. 까만 바탕에 그려진 흰색 별이 정말 반짝이는 것처럼 보였다. 하지만 제일 많이 놀란 사람은 다름 아닌 랄프였다.

“수정액을 이용해서 별을 그리다니, 너 정말 똑똑하다! 어떻게 그런 생각을 했니?”

애쉴링이 감탄했다.

“실은…… 나도 잘 모르겠어.”

랄프가 멍한 표정으로 대답했다.

"아무튼 이거 하나는 분명해. 내가 우주 캠프에서 제일 영리한 학생이랑 짝이 되었다는 사실 말이야!"

애쉴링이 환하게 웃으며 랄프의 뺨에 쪽 하고 축하의 입맞춤을 했다.

랄프는 어쩔 줄 몰라하며 황급히 얼굴을 돌렸다. 그러다가 사라와 눈이 마주쳤다. 사라가 실눈을 뜨고 랄프를 노려보고 있었다. 랄프는 시치미를 뗄 수밖에 없었다.

"내, 내 잘못 아니다, 뭐. 가만, 그런데 네가 무슨 상관이야? 넌 쿨 경관, 릭 오셔하고 결혼할 거라며!"

13

중요한 천문학적 사건

우주 항해 이론 수업이 한창이었지만, 사라의 기분은 좀처럼 나아지지 않았다. 네뷸러 님이 나타난 뒤로 오히려 더 나빠졌다. 네뷸러 님은 예정되어 있던 행성 과학 수업을 뒤로 미루고 오후 수업인 항공 우주 공학 수업을 먼저 하겠다고 했다. 그날 오후에 '중요한 천문학적 사건'이 있기 때문이라고 했다.

랄프는 항공 우주 공학 수업 내내 애쉴링을 모른 척하려고 무지 애썼다. 한마디라도 건넸다가는 사라가 으르렁거릴 게 뻔했기 때문이다. 하지만 로켓 만들기 짝인 애쉴링과 말을 하지 않는 건 생각보다 어려웠다.

"너 계속 쟤네 로켓을 흘끗대면, 다른 자리로 옮겨 버린다!"

사라의 행동을 꾹 참고 있던 콜린이 결국 한마디 했다.

하지만 점심시간 무렵, 네 사람은 언제 그랬냐는 듯 다시 친구가 되었다. 모두 오후에 있을 뭔지 모를 '중요한 천문학적 사건' 때문에 잔뜩 들떠 있었다.

"일식이 아닐까?"

콜린이 의견을 내놓았다.

"그건 아닌 것 같아. 일식은 달이 태양 앞을 지날 때만 일어나거든. 그런데 달이 보이지 않아."

애쉴링이 창문을 내다보며 말했다.

"행성 과학 수업을 그때로 옮긴 걸 보면, 행성과 관련 있는 게 분명해."

사라의 말에 랄프도 의견을 냈다.

"어쩌면 화성에 우주선이 착륙하는지도 몰라."

그러자 콜린이 고개를 저었다.

"아냐. 내가 우주에 관한 잡지를 구독하거든. 거기 나온 기사를 보면 최신 우주선에 대한 정보와 이들이 언제 행성에 착륙하는지, 또 언제 행성 근처를 지나는지 모두 알 수 있단 말이야. 그런데 이번 달에는 아무 소식도 없었어. 다시 말해서, 우주선이 행성 근처에도 가지 않는다는 거지."

"그럼 도대체 뭐지?"

사라는 궁금해 죽겠다는 표정이었다.

네 사람은 점심시간 내내 궁리에 궁리를 거듭했다. 그러다가 우슐라 메이저 교수가 나타나자 뛸 듯이 기뻐했다. 식당에 들른 메이저 교수는 아이들에게 교실이 아니고 관측소에서 수업을 하겠다고 말했다.

"중요한 천문학적 사건이 뭘까 생각해 본 사람 있나요?"

메이저 교수가 아이들을 둘러보며 물었다. 이때 후니가 손을 번쩍 들고 말했다.

"점심을 먹으면서 버트와 제가 의논해 봤는데, 내행성 중

하나가 통과하는 게 틀림없다는 결론을 내렸어요."

랄프와 사라, 애쉴링과 콜린이 바삐 눈길을 주고받았다.

메이저 교수가 고개를 끄덕였다.

"정확히 맞혔어요. 여러분 모두 첫 번째 수업 시간에 배운 내용을 기억할 겁니다. 태양계에서 지구보다 태양에 더 가까운 행성들을 내행성이라고 했지요. 그리고 행성이 태양 앞을 지날 때, 이것을 '통과'라고 한다고 했습니다. 그럼 오늘 오후에 통과할 행성이 무엇인지 맞혀 볼 사람?"

"금성이요!"

콜린이 얼른 외쳤다.

"안타깝게도 아닙니다. 금성 말고 다른 행성이에요."

메이저 교수가 미소 지었다.

그 순간, 버트가 노래를 부르듯 대답했다.

"수―우―서어어어엉!"

"누구나 다 아는 답을 참 요란스럽게도 발표한다."

애쉴링이 투덜거렸다.

"오늘 오후에 있을 행성 통과를 관찰하기 위해 우린 망원경을 이용할 겁니다. 절대로 망원경이나 쌍안경으로 직접 태양을 쳐다보면 안 된다는 거, 다시 강조하지 않아도 모두 잘 알고 있으리라 믿어요. 학교에서 우주 학습 주일 동안, 흑점 관찰 안 해 본 사람 있나요?"

아무도 손을 들지 않았다. 그러자 아이들을 한 바퀴 둘러본 뒤에, 메이저 교수가 설명을 계속했다.

"좋아요. 다들 눈이 닿는 렌즈, 그러니까 접안렌즈 뒤에다 공책을 대고, 망원경을 이용해 태양을 관찰하는 방법을 잘 알고 있을 겁니다. 특히 망원경의 초점을 잘 맞춰야 하지요. 안 그러면 공책이 타서 구멍이 나 버리겠지요! 이곳에는 불에 타기 쉬운 물질이 많기 때문에, 아무리 작은 불씨라도 큰 위험을 불러올 수 있으니 조심하도록 합니다. 그리고 관찰 후에는 보고서를 제출해야 하는 거 잊지 마세요. 모든 것을 잘 기록해 두도록 합니다."

랄프가 필통을 열고 페니를 꺼냈다. 필통에서 나오자마자 페니는 주변을 두리번거렸다. 검은 매직펜을 찾기 위해서였다. 그러자면 먼저 버트를 찾는 게 빠를 것 같았다. 아이들 속에서 버트를 발견한 순간, 페니의 얼굴이 굳어졌다. 이죽거리는 녀석의 심술궂은 표정을 보고 있자니 검은 매직펜만

큼이나 위험해 보였다.

페니가 곁눈질로 버트 쪽을 계속 살폈다. 녀석은 공책을 망원경 접안렌즈에 너무 바짝 갖다 대고 있었다. 아니나 다를까 몇 분 뒤, 버트의 공책에서 연기가 피어오르기 시

작했다. 그리고 곧 불꽃이 일었다.

"에설버트! 당장 망원경에서 떨어지세요! 학생은 이제 이 실험을 할 자격이 없습니다. 플레어 선장님께 가서 말씀드리도록 합니다. 학생이 남자 화장실, 여자 화장실 모두 청소 당번이라고!"

메이저 교수가 천둥 같은 목소리로 고함을 쳤다.

버트가 제 물건들을 주섬주섬 챙겨서 플레어 선장 사무실을 향해 터덜터덜 걸어갔다. 버트의 모습을 지켜보던 페니는 안도의 한숨을 내쉬었다. 아무리 살펴봐도 커다랗고 시커먼 녀석을 남겨 두고 간 것 같진 않았다.

때마침 랄프 옆에 자리를 잡은 콜린이 외쳤다.

"시작됐어요! 수성이 태양 앞을 통과하고 있다고요!"

"뭐라고? 시작하려면 아직 23분 남았는데."

메이저 교수가 시계를 들여다보면서 고개를 갸웃했다.

"저도 흑점은 보이는데 수성은 아직 안 보여요."

사라가 망원경 초점을 다시 맞추며 말했다.

"저도 그래요."

애쉴링도 거들었다.

"그런데 수성이 태양 옆으로 지나가지 않고, 위로 움직여요! 지금은 작은 원을 그리고 있고요!"

콜린이 마치 대단한 과학자라도 되는 것처럼 관찰한 것을 공책에 꼼꼼히 기록하며 외쳤다. 콜린의 망원경 앞으로 온 메이저 교수가 웃음을 터뜨렸다.

"웃으려고 한 것은 아니었는데, 이리 와서 학생 망원경을 좀 보세요."

콜린이 접안렌즈를 들여다보려고 허리를 굽혔다. 그런데 메이저 교수가 번개보다 빠른 속도로 콜린의 머리를 접안렌즈에서 떼어 놓았다. 교수가 망원경의 넓적한 반대쪽 렌즈를 가리켰다.

"그렇게 들여다보지 말고 그냥 망원경을 보세요."

작은 무당벌레가 렌즈 위에 내려앉아 있었다. 바쁘게 돌아
다니는 것을 보니, 탐험이라도 하는 모양이었다. 콜린이 무
당벌레를 수성으로 착각한 것이었다.

"으윽!"

콜린 얼굴이 홍당무처럼 벌게졌다.

"괜찮아요. 충분히 그럴 수 있습니다. 여러분, 이제 21분

밖에 남지 않았어요."

메이저 교수가 콜린을 다독였다.

'수성 통과'가 코앞으로 다가오자, 다른 교관들과 직원들도 잔디밭으로 나왔다.

"우리 실험에 관심을 갖는 사람이 왜 이렇게 많은 거지?"

랄프가 묻자 애쉴링이 설명했다.

"그건 '수성 통과'가 아주 드물게 일어나는 현상이기 때문이야. 10년에 한 번 일어날까 말까 하거든."

"중요한 천문학적 사건이라고 하신 이유를 알 것 같아."

사라가 말했다.

"플레어 선장님이 버트가 화장실 청소하는 걸 미뤄 주셨을 정도니까 말 다했지, 뭐. 그래야 선장님도 보실 수 있을 테니까."

콜린이 후니의 망원경 옆에 서 있는 플레어 선장님과 버트를 가리켰다.

수성이 태양을 통과하는 동안, 페니는 행성의 이동 경로와 시간을 적느라 눈코 뜰 새 없이 바빴다.

수성 통과가 모두 끝나자, 신싸 힘든 일이 아이들을 기다리고 있었다. 아이들은 망원경을 상자에 담은 뒤에 메이저 교수와 함께 교실로 돌아갔다. 그리고 아주 복잡한 수학식을 이용해, 태양의 크기와 지구에서 태양까지의 거리를 계산했다. 버트도 예외는 아니었다. 화장실 청소를 하다가 불려 나와서 후니가 관측한 값을 이용해 끙끙거리며 답을 구해야 했다.

수업이 끝나자 메이저 교수가 채점을 하겠다고 아이들의 공책을 모두 거두어 갔다. 덕분에 검은 매직펜이 심술을 부릴 기회도 사라져 버렸다.

"메이저 교수님이 여자 화장실에서 채점을 하지 않는 이상, 이번에는 안전할 거야."

수정액이 자신 있게 말했다.

하지만 페니는 왠지 불안했다. 검은 매직펜이 한번 계획한 복수를 그렇게 쉽게 포기할 것 같지 않았다. 그렇다면 검은 매직펜이 더욱더 무시무시한 방법을 생각해 내는 게 아닐까, 걱정스러운 마음이 자꾸만 고개를 들었다.

14

방해 작전

금요일 오전 휴식 시간, 아이들은 모두 현기증이 날 지경 이었다. 젬마 나이 박사의 상대성 이론 수업이 너무 어려워 서 도무지 이해할 수 없었기 때문이다.

"난 한마디도 못 알아듣겠더라."

랄프가 한숨을 내쉬었다.

"우리나라 말로 설명하신 거 맞니?"

콜린도 고개를 절레절레 내저었다.

"내 생각에는 아인슈타인도 이해하는 데 어려움을 겪은 것 같아. 그래서 시간과 공간이 관측자에 따라 상대적이라 는 상대성 이론을 발견해 낸 거라고!"

애쉴링도 인정했다.

"수업이 끝나서 얼마나 다행인지 몰라. 이제 로켓 만들기 수업 하나만 남았어. 한 시간 안에, 모두 마무리해야 해! 콜린, 아무래도 내 생각에는……."

사라도 거들었다. 사라와 콜린은 점심시간 내내 로켓을 좀 더 멋지게 바꿀 방법에 대해 토론했다. 태어나서 처음으로, 랄프는 사라와 짝이 되지 않은 것을 다행스럽게 여겼다. 애쉴링은 사라보다 모든 면에서 느긋했다. 덕분에 랄프는 애쉴링이 제일 좋아하는 프로그램인 '쿨 경관' 이야기를 하면서 점심시간을 보낼 수 있었다. 또 남는 시간에는 애쉴링이 제일 좋아하는 컴퓨터 게임에서 레벨 올릴 방법을 궁리하기도 했다.

그날 오후 항공 우주 공학 교실은 그야말로 숨 가쁘게 돌아갔다. 모두들 로켓을 마무리하느라 이리저리 바쁘게 움직였다. 아이들이 던지는 다급한 질문에 일일이 대답해 주느라 네뷸러 님도 진땀을 뺐다. 심지어 애쉴링도 잔뜩 예민해져서 이따금씩 랄프에게 짜증 섞인 말을 뱉었다. 곧바로 사과하긴 했지만.

수업을 마칠 시간이 다가오자, 네뷸러 님은 시계에서 눈을 떼지 않았다. 그리고 마침내 손뼉을 짝짝 치며 말했다.

"여러분, 시간이 다 됐습니다. 이제 그만 멈추고, 가서 로켓 발사를 지켜보도록 합니다."

아이들이 연필과 로켓을 만드는 데 사용하던 공구를 내려놓았다. 그리고 하나둘 교실에서 빠져나갔다. 사방이 조용해지자, 페니와 필기구들은 허둥지둥 창틀로 향했다. 로켓 발사를 지켜보고 싶었다. 발사대가 아주 먼 곳에 있었지만, 로켓이 워낙 커서 바로 코앞에 있는 것처럼 느껴졌다.

"너무 설렌다! 지난 2주 동안, 우주에 대한 모든 것을 배웠잖아. 게다가 이젠, 진짜 우주로 날아갈 로켓이 발사되는 것까지 보게 되다니!"

페니가 흥분을 감추지 못했다.

"랄프랑 사라가 일주일 내내 열심히 만든 로켓은?"

사라 필통에서 나와 창틀로 깡충깡충 뛰어온 폴리가 물었다.

"그건 진짜 우주까지 날아가지는 못해. 그러니까 내 말은, 정말 똑똑한 아이들이기는 하지만, 그 애들이 진짜 로켓을 만드는 과학자는 아니라는 거야."

페니가 대답했다. 순간 얼룩이가 손가락을 입에 가져다

댔다.

"쉿! 카운트다운이 시작됐어."

따사로운 햇살이 창문으로 쏟아져 들어오는 오후, 비행 감독의 목소리가 울려 퍼졌다.

"십……, 구……."

로켓 엔진이 증기를 내뿜기 시작했다.

"팔……, 칠……."

아래쪽에서 작은 불꽃이 일었다.

"육……, 오……."

땅이 미세하게 흔들리기 시작했다.

"사……, 삼……."

모든 엔진이 켜지면서 순식간에 천둥 같은 소리가 땅을 뒤흔들었다. 교실에 있는 필기구들도 두 손으로 귀를 막아야 할 정도였다.

"이……, 일……."

로켓이 덜덜 몸을 떨기 시작했다.

"발사!"

로켓이 위를 향해 움직였다. 처음에는 느렸지만, 높이 올라갈수록 로켓의 속도는 빨라졌다. 로켓 엔진이 증기와 불꽃을 쉴 새 없이 토해 냈다.

"와! 정말 굉장하다. 여기서도 연기 냄새가 나. 불꽃의 열기도 그대로 느껴지고."

페니가 탄성을 질렀다.

이때 킁킁거리며 냄새를 맡던 폴리가 비명을 질렀다.

"랄프가 만든 로켓이 불타고 있어!"

필기구들이 모두 고개를 돌렸다. 그러자 랄프 책상 끝에 검은 매직펜이 떡하니 서 있는 게 보였다. 녀석은 손에 돋보기를 들고서 오후 햇살을 모으고 있었다. 그렇게 한 점에 모인 햇살이 랄프의 로켓에 불을 붙인 것이다. 망원경 초점을 잘못 맞추는 바람에 버트의 공책에 구멍이 나고 불이 붙었던 것처럼.

"안 돼!"

페니가 울먹였다.

검은 매직펜은 발을 동동 구르고 있는 페니를 비웃었다.

"저 녀석을 잡아!"

맥이 창틀에서 뛰어내리며 소리쳤다. 그리자 검은 매직펜

이 재빨리 돋보기의 방향을 바꾸었다. 햇살이 필기구들의

눈을 정통으로 비추었다.

　"아무것도 보이지 않아!"

폴리가 괴로워했다. 맥도 책상으로 뛰어내리려다 눈이 부셔서 바닥에 나동그라지고 말았다.

"이 녀석, 어디로 도망간 거야?"

맥이 얼얼한 엉덩이를 문지르며 고함을 질러 댔다.

"녀석은 그만 단념해. 랄프 로켓을 구하는 게 먼저잖아!"

페니가 울먹였다. 필기구들은 바쁘게 뛰어다니며 불을 끄려고 안간힘을 썼다.

그때였다. 점점 거세지는 불길 사이로 삐삐 하는 소리가 들려왔다. 필기구들은 일제히 소리가 나는 쪽으로 고개를 돌렸다. 스푸트니크와 유리가 랄프의 로켓을 향해 날아오고 있었다. 양손에 방염 담요를 단단히 쥐고서! 로켓 위에 도착한 스푸트니크와 유리가 불길 위로 방염 담요를 떨어뜨렸다. 그러자 다행스럽게도 불이 금방 사그라들었다.

페니가 불에 탄 로켓을 향대 달려갔다. 그러자 수정액이
다급하게 외쳤다.

"기다려! 아직 엄청 뜨거울 거야. 그러니까 식을 때까지

조금만 기다리라고."

필기구들이 타고 남은 로켓 주변으로 모여들었다. 그리고 수정액이 괜찮다고 할 때까지 잠자코 기다렸다. 손대도 괜찮을 만큼 열기가 식자, 스푸트니크와 유리가 방염 담요를 걷어 냈다. 처참한 광경이 눈앞에 나타났다. 랄프와 애쉴링의 로켓은 새카맣게 타서 숯처럼 변한 상태였다.

"너, 어쩌면 이렇게 끔찍한 짓을 할 수 있니?"

페니가 검은 매직펜에게 거세게 항의했다. 녀석은 적당히 떨어져 안전한 버트의 책상에서 페니 쪽을 보고 있었다.

"그렇게 원망스러운 눈길로 쳐다볼 거 없어. 이렇게 된 건 모두 네 탓이니까."

검은 매직펜이 어깨를 한 번 으쓱하며 대꾸했다.

"내 탓이라고? 어째서?"

페니가 물었다.

"네가 내 첫 번째 계획을 망치지만 않았어도 랄프는 우주 캠프에 오지 못했을 거야. 그랬다면 괜스레 로켓을 만들어 이런 일을 당하지도 않았겠지. 그 점을 녀석의 짝꿍 연필들에게 잘 설명해 보셔."

검은 매직펜이 조목조목 따지듯 설명했다.

애쉴링의 연필들이 필통 밖으로 살며시 고개를 내밀었다. 모두들 너무나도 슬픈 표정이었다. 거기에 대고 검은 매직펜이 애쉴링의 연필들에게 외쳤다.

"모두가 페니 저 녀석 잘못이라고!"

"네가 한 짓을 내 탓으로 돌리다니. 그런 말도 안 되는 억지가 어디 있어?"

페니가 성을 냈다.

"난 내가 하고 싶은 것은 뭐든지 다 할 거야!"

검은 매직펜은 쩌렁쩌렁한 목소리로 고함을 질렀다. 녀석이 한껏 숨을 들이마시며 온몸에 잔뜩 힘을 주었다. 녀석

의 근육들이 울룩불룩 솟아올
랐다. 멀찍이 떨어진 거리에
서 봐도 무시무시하게 보일
정도였다.

"또 잔꾀를 써서 고쳐 보시지,
응? 그래도 이번엔 빠져나가기 힘
들걸. 수정액 몇 방울 떨어뜨리는 것
으로는 어림도 없을 테니까. 그래도
행운을 빌어 줄 테니, 최선을 다해 보
라고!"

검은 매직펜이 수정액을 노려보며 으르렁거렸다. 그러고는
신나는 파티 음악이 울려 퍼지는 버트의 필통 속으로 쏙 들
어가 버렸다.

"이번엔 정말 저 녀석한테 제대로 한 방 먹었어."

폴리가 절망적으로 말했다.

페니가 슬픈 표정으로 교실을 둘러보았다. 아이들 책상에
는 완성된 로켓이 얌전히 놓여 있었다. 오후 햇살을 받아
눈부신 자태를 뽐내면서. 그리고 책상에는 공구들과 쓰고

남은 로켓 재료들이 여기저기 흩어져 있었다. 순간 페니는 무릎을 탁 쳤다.

"아, 그렇지! 아직 끝나지 않았어. 우리는 로켓 디자인을 가지고 있잖아. 그러니까 다른 아이들이 남긴 재료로 다시 만들면 돼! 모두 힘을 합쳐서 말이야."

필기구들이 못 미더운 눈길로 페니를 바라봤다.

그때 어디선가 웬 목소리가 들려왔다.

"우리도 도울게."

책상에 있던 종이 몇 장이 들썩이더니 부르르 흔들렸다. 그리고 그 아래에서 다정한 얼굴의 스패너 가족이 모습을 드러냈다. 볼트, 너트, 나사 따위를 죄거나 푸는 공구들이었다. 드라이버와 톱과 망치도 서둘러 다가왔다.

"우리도 힘을 보탤게."

드릴도 나서서 말했다.

"내가 나서면 좀 시끄러울 텐데, 그래도 괜찮을까 몰라."

"그런 거라면 괜찮아. 아무리 요란한 소리를 내도 상관없어. 버트 필통에서 파티가 벌어진 모양이니까, 녀석들이 틀어 대는 음악 소리 때문에 검은 매직펜 귀에는 하나도 들리

지 않을 거라고!"

페니가 환하게 미소 지었다.

"네 말이 맞아. 우리도 함께할게."

애쉴링 필통의 필기구 대표가 말했다.

"물론 우리도."

수정액의 목소리였다. 그러자 폴리도 힘주어 말했다.

"나도 사라 연필들을 불러올게. 이번 기회에 검은 매직펜 녀석한테 분명히 보여 주자고. 우리한테 녀석을 무찌를 힘이 있다는 걸 말이야!"

15

로켓 발사!

진짜 로켓 격납고처럼 교실에 온갖 소음들이 가득했다. 페니와 친구들이 랄프와 애쉴링의 로켓을 다시 만드느라 쉴 새 없이 톱질과 망치질을 하고, 드릴로 여기저기 구멍을 뚫고 있었기 때문이다.

"이제 마무리 작업만 남았어. 바로 유리창을 다는 거지!"

페니가 로켓에 사용하는 특별 유리를 손에 들고 말했다. 그러고는 로켓용 유리를 창틀 앞으로 가져갔는데 곧 고개를 떨구었다.

"오, 이런! 이건 너무 작아. 좀 더 큰 유리 없을까?"

맥이 말했다.

"버트 로켓 창문을 떼다가 붙이지 않는 이상, 다른 유리는 없어. 물론 난 그렇게 하고 싶은 마음이 굴뚝같지만."

페니가 한숨을 내쉬었다.

"이거 큰일이네! 유리로 로켓 창문을 막지 않으면 공기와 부딪힐 때 생기는 열 때문에 로켓에 불이 붙고 말 거야."

얼룩이가 걱정을 했다.

"좀 더 끈끈한 걸 위에다 붙이면?"

로켓을 만든 경험이 제일 많은 스패너가 말했다.

"그 방법은 쓸 수 없어. 로켓 표면은 아수 매끄러워야 하거든."

페니가 얘기했다.

"끈끈한 걸 로켓 안쪽에 붙이면 효과가 있을지도 몰라."

폴리가 입을 열었다.

"그러자면 누군가 로켓 안에 타야만 해. 그리고 그게 누구든……, 한번 타면 밖으로 나올 수 없을 거야."

수정액이 덧붙였다.

"나도 알아."

페니가 나지막이 말했다.

모든 필기구와 공구들이 일제히 페니를 쳐다봤다.

"너 혹시……?"

맥이 떨리는 목소리로 물었다.

"그래. 내가 로켓에 탈게."

페니가 고개를 끄덕였다.

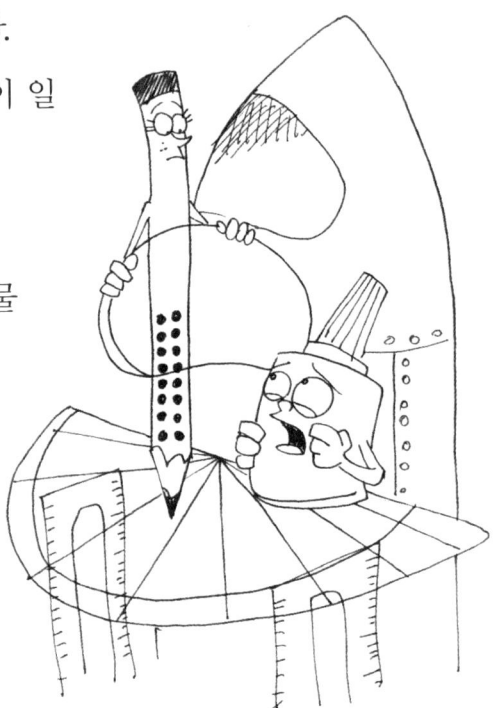

"안 돼. 너무 위험하단 말이야. 로켓이 이륙하다 폭발할 수도 있고, 공기랑 부딪히면서 생기는 열 때문에 불이 붙을 수도 있고, 착륙하다 땅에 충돌할 수도……."

수정액이 말리고 나섰다.

"그래, 조금 위험할지도 몰라."

페니도 인정했다. 그러자 맥이 성을 냈다.

"조금 위험하다고? 페니! 그건, 그건……."

"그건 뭐? 나만 눈에 띄지 않으면, 검은 매직펜도 더 이상 랄프를 괴롭히지 않을 거야."

"그런 말이 어디 있어……."

수정액이 눈시울을 붉히며 말했다. 페니도 함께 울먹였다.

"어차피 랄프를 이런 곤경에 빠뜨린 건 나잖아. 그러니까 내가 구해야지. 지금 포기하기에는 우리 모두 너무 열심히 했잖아."

필기구들이 서로 불안한 눈빛을 주고받았다.

"네 뜻이 정 그렇다면……."

폴리가 말했다.

그때 스푸트니크가 페니 쪽으로 날아왔다. 그리고 헬멧을 벗어 페니에게 건네며 말했다.

"받아라. 이게 널 안전하게 지켜 줄 거다."

"고마워, 스푸트니크."

페니가 머리에 헬멧을 단단히 눌러쓰며 환하게 미소 지었다.

"이것도 받아. 이걸 차고 있으면 우리랑 연락을 주고받을 수 있을 거다."

유리는 통신기를 풀어서 페니 손목에 채워 주었다.

"고마워, 유리."

그러자 스푸트니크가 자기 통신기를 수정액에게 건네며 말했다.

"이건 네가 가지고."

로켓을 향해 걸어가는 페니에게 맥이 말했다.

"밀어 올려 줄까?"

"응. 고마워, 맥."

페니가 맥의 두 손 위에 올라섰다. 그러자 맥이 페니를 있는 힘껏 들어 올렸다. 로켓 창틀에 매달릴 수 있도록 할 생각이었다.

　페니가 창틀 안으로 몸을 반쯤 넣었을 때였다. 아무리 애를 써도 몸을 꼼짝할 수가 없었다. 창틀에 끼고 만 것이다. 하지만 그것은 창문이 작아서가 아니었다. 맥이 페니의 발을 단단히 붙잡고 놓아주지 않기 때문이었다.

"맥, 내 발 좀 놔 줄래?"

페니의 부탁에 맥이 마지못해 발을 놓아주었다. 그 바람에 페니는 창틀 안으로 빨려 들어가 로켓 바닥에 나동그라졌다.

폴리가 유리창을 들고 와 조심조심 페니에게 건넸다. 수정액은 끈끈한 접착테이프를 창틀 안으로 쏙 밀어 넣었다. 페니가 유리를 창틀에 대고, 그 위에 접착테이프를 여러 겹붙였다. 그런 다음 로켓 밖에서 걱정스러운 얼굴로 보고 있는 친구들에게 열심히 손을 흔들어 주었다.

갑자기 연필들이 사방으로 흩어졌다. 이런 경우, 이유는 언제나 한 가지뿐이었다. 아이들이 돌아오고 있었다.

페니가 로켓 벽에 몸을 납작 붙였다. 랄프나 애쉴링이 로켓 안을 살피더라도 들키지 않아야 했으니까.

네뷸러 님의 목소리가 들렸다.

"좋아요, 여러분. 지금부터 각 팀은 로켓을 챙겨서 발사대로 이동하도록 합니다."

랄프와 애쉴링이 조심조심 로켓을 집어 들었다. 그리고 로켓이 흔들리지 않도록, 최대한 천천히 발사대를 향해 걸음을 옮겼다. 그런데도 로켓에 타고 있는 페니는 로켓 바닥을 이리저리 굴러야 했다. 꼭 텅 빈 필통에 혼자 들어 있는 연필처럼.

'제발 로켓 멀미를 안 해야 할 텐데.'

로켓 이쪽 바닥에서 저쪽 바닥으로 떼굴떼굴 굴러가며 페니는 생각했다. 그러면서도 로켓 창문에서 최대한 멀리 떨어지려고 무지무지 애를 썼다.

아이들이 교실에서 모두 빠져나가자, 필기구들과 공구들이 벌떡 일어나 창틀로 달려갔다. 자기들의 손길이 닿아 완성된 로켓들이 멋지게 하늘

을 나는 모습을 보고 싶었다. 심지어 버트의 연필들과 매직펜들도 창틀로 올라왔다.

발사대에 도착한 랄프와 애쉴링이 로켓을 조심스럽게 내려놓았다. 그리고 꼼꼼히 발사 순비

를 했다. 페니는 마지막으로 남은 강력 접착테이프를 이용해 로켓 벽에 몸을 고정시켰다. 이륙 충격에 대비하기 위해서였다.

네뷸러 님이 말했다.

"좋아요. 이제 콜린과 사라 로켓부터 발사하도록 할게요. 엔진 점화 시작!"

콜린과 사라가 10부터 거꾸로 세기 시작했다. 0을 외치는 순간, 두 사람의 로켓이 공중으로 솟구쳐 올랐다. 아이들 모두 숨을 멈춘 채, 허공을 가르며 점점 멀어져 가는 로켓을 지켜보았다. 물론 콜린과 사라의 연필들도 마찬가지였다.

그때, 맥과 수정액 뒤에서 귀에 거슬리는 목소리가 들려왔다.

"에헴."

필기구들이 동시에 뒤를 돌아보았다. 검은 매직펜이었다.

"모두들 정말 착하기도 하시지. 다른 로켓들을 응원하려고 이렇게 모이다니 말이야. 부디 버트와 후니를 위해서도 목청껏 외쳐 주길 바란다."

녀석이 한껏 비아냥거렸다.

"그건 좀 힘들겠는데."

수정액이 시치미를 떼며 대꾸하고는 창밖으로 고개를 홱 돌려 버렸다. 콜린과 사라의 로켓이 하늘 높이 솟아 있었다. 하지만 수정액의 마음은 온통 손목에 차고 있는 통신기에 가 있었다. 검은 매직펜에게 들키기라도 하면 큰일이었다.

"페니가 실패할 줄 알고 있었어. 그 녀석, 지금 단단히 화가 나 있겠지?"

검은 매직펜이 다그쳐 물었다.

"단단히 화가 나야 하는 건 페니가 아니라 너야. 이 악당 녀석아!"

맥이 대답했다.

로켓 발사대 쪽에서 박수 소리가 났다. 콜린과 사라의 로켓이 낙하산을 펴고 착륙 지점에 완벽하게 내려앉았기 때문이다.

"다음은 랄프와 애쉴링 차례입니다."

네뷸러 님이 말했다.

"뭐라고?"

검은 매직펜이 버럭 소리를 지르더니 허둥지둥 칭가로 달려왔다. 로켓 발사대에는 랄프와 애쉴링의 로켓이 우뚝 서 있었다. 그것도 자기가 한 시간 전에 까맣게 태워 버린 바로 그 로켓이!

"어떻게 이런 일이……?"

검은 매직펜은 놀라서 말을 잇지 못했다. 녀석이 홱 돌아서서 랄프와 사라와 애쉴링의 필기구들을 매섭게 쏘아보았다. 필기구들이 어깨를 으쓱하며 검은 매직펜을 향해 천진난만한 미소를 지어 보였다. 비록 속으로는 덜덜 떨고 있었지만.

"골칫덩이 페니 녀석!"

검은 매직펜이 착 가라앉은 목소리로 웅얼거렸다. 그러고는 폴리의 목을 단단히 움켜쥔 채 엄포를 놓았다.

"이 녀석은 어디 있지?"

폴리가 고개를 흔들었다. 그러자 검은 매직페은 목을 움켜쥔 손을 더 꽉 조이며 으르렁거렸다.

"마지막으로 묻겠다. 녀석은 지금 어디 있지?"

"로, 로켓 안에……."

폴리가 헐떡이며 가까스로 대답했다.

검은 매직펜은 폴리를 세게 밀쳐 버리고 교실 밖으로 달려 나갔다.

"녀석을 막아야 해!"

맥이 검은 매직펜의 뒤를 쫓으며 외쳤다. 하지만 수정액이 말렸다.

"안 돼! 그럴 수 없어. 지금 우르르 몰려 나가면 사람들 눈에 띄고 말 거야. 그건 절대 안 될 일이라고. 필기구 세계의 규칙을 어기는 거니까."

"하지만 페니가……."

맥이 울먹였다.

서둘러 교실 문으로 날아간 스푸트니크와 유리가 맥의 등을 두드리며 진정시켜 주었다.

"페니, 페니! 나와라, 오버!"

수정액이 통신기에 대고 다급하세 밀 했다.

통신기에서 삑삑거리는 잡음과 함께 페니의 목소리가 들려왔다.

"무슨 일이야, 수정액? 난 안전띠를 단단히 두르고 이륙 준비를 마쳤어. 랄프와 애쉴링이 이제 카운트다운을 시작하려고 해."

로켓 발사대 한쪽 옆에서 랄프와 애쉴링이 카운트다운을 막 시작했다.

"십!"

랄프가 수를 세기 시작했다.

"구!"

애쉴링도 외쳤다.

"검은 매직펜 녀석이 그쪽으로 가고 있어!"

수정액이 다급하게 소리쳤다.

"팔!"

"뭐라고?"

페니가 깜짝 놀라며 물었다. 그러고는 겁에 질린 표정으로 창밖을 내다보았다. 검고 거대한 물체가 잔디밭을 가로질러 페니를 향해 다가오고 있었다. 믿을 수 없을 만큼 놀라운

속도였다.

"칠!"

"검은 매직펜 녀석이 가고 있다고!"

수정액이 반복해서 외쳤다.

"육!"

"나도 녀석이 보여."

페니가 대답했다. 어찌나 긴상이 되는지 입이 비 짝바 짝

타들어 갔다. 페니는 카운트다운이 어서 끝나기만을 간절히 빌었다.

"오!"

로켓의 엔진이 켜졌다. 그와 동시에 천둥 같은 소리가 귓가에 울려 퍼졌다. 숫자 세는 소리가 들리지 않을 정도였다.

"사!"

검은 매직펜이 코앞까지 다가오자 페니가 절박한 목소리로 물었다.

"저 녀석을 막을 방법은 전혀 없는 거야?"

"삼!"

"주변에 사람들이 너무 많아. 너도 우리 세계의 규칙을 잘 알잖아."

수정액이 안타깝게 대답했다.

"이!"

로켓이 흔들리기 시작하면서 페니의 이가 부딪치며 딱딱 소리를 냈다.

"규칙은 나도 잘 알지만, 이건 진짜 위급 상황이야!"

"일!"

검은 매직펜이 로켓을 향해 온몸을 던지며 으르렁거렸다.

"꼼짝 마, 페니이이이이이이이이!"

"발사!"

요동치던 로켓이 마침내 위로 날아올랐다.

페니는 창밖을 자세히 살폈다. 로켓이 뿜어내는 불꽃과 소용돌이치는 가스 구름 사이로, 검은 매직펜의 모습이 보였다. 녀석은 잔디밭 위를 떼굴떼굴 구르고 있었다. 게다가 플라스틱으로 된 녀석의 몸통은 여기저기 부글거리고 갈라진 상태였다.

"페니! 별일 없니?"

통신기에서 수정액의 목소리가 삑삑거리며 들려왔다.

"괘, 괜찮아."

페니가 여전히 이를 딱딱 부딪치며 대답했다.

"검은 매직펜 녀석은?"

"너무 지쳐서 우주까지 나를 쫓아오지는 못할 것 같아."

페니는 저 아래 잔디밭에 널브러진 시커먼 녀석에게서 시선을 거두고 위를 보았다. 하늘빛이 연한 파랑에서 진한 파랑으로, 그리고 다시 검정으로 바뀌었다. 페니는 두 눈을 문

질렀다. 눈앞에 펼쳐진 광경이 도무지 믿어지지 않았다. 페니는 다시 창밖을 내다보았다. 아름다운 별들이 코앞에서 반짝이고 있었다! 정말로 우주에 온 것이다!

"정말 놀랍다. 창밖이 아름다운 별들로 가득해!"

페니가 통신기에 대고 얘기했다.

교실에 있던 모든 필기구들과 공구들이 만세를 불렀다.

"스푸트니크가 전해 달래. 별이 보인다면 안전띠를 풀어도 좋다고 말이야."

수정액이 말했다.

페니는 자기를 단단히 고정시키고 있던 접착테이프를 조심스럽게 떼어 냈다. 그러자 떼어 낸 테이프가 춤을 추듯 둥실둥실 떠다녔다. 페니도 한 걸음을 내디뎌 보았다. 그러자 몸이 우주선 안을 이리저리 떠다녔다. 페니는 정말 무중력 상태에 있었다.

"이렇게 멋진 기분은 처음이야!"

페니가 탄성을 질렀다.

환상적인 우주 풍경을 바라보는 것은 공중제비를 도는 것만큼이나 재미있었다. 누군가 둘 중 어떤 게 더 신나는지 묻는다면, 선뜻 고를 수 없을 것 같았다.

잔뜩 들뜬 것은 필기구들과 공구들만이 아니었다. 아이들과 우주 캠프 교관들 모두가 멀리멀리 날아가는 랄프와 애쉴링의 로켓에서 눈을 떼지 못했다.

"우주 캠프를 진행하면서 학생이 만든 로켓이 저렇게 높이 올라가는 건 본 적이 없는데, 정말 대단합니다."

네뷸러 님도 감탄했다.

"이제 잘 보이지도 않아요."

애쉴링이 말했다.

"로켓이 정말 다시 돌아올까요?"

랄프가 심각하게 물었다.

교실 창틀 앞에 옹기종기 모여 선 필기구들도 바로 그 점을 걱정하고 있었다.

16

무사 귀환

"페니, 좀 괜찮니?"

수정액이 물었다.

"최고야. 하늘 위에서 보니 별들이 훨씬 더 예뻐. 게다가 창문을 가득 채울 만큼 무지무지 많아! 앗!"

기뻐서 재잘거리던 페니가 갑자기 말을 멈추었다. 더듬이 같은 안테나가 몇 개 붙어 있는 커다란 금속 물체가 창밖으로 휙 하고 날아갔기 때문이다.

"무슨 일이야?"

수정액이 다급하게 물었다.

"방금 인공위성이 스치듯 지나갔어. 깜짝 놀라 기절하는 줄 알았어."

페니가 교실에 있는 친구들을 안심시켰다. 그러고는 지구

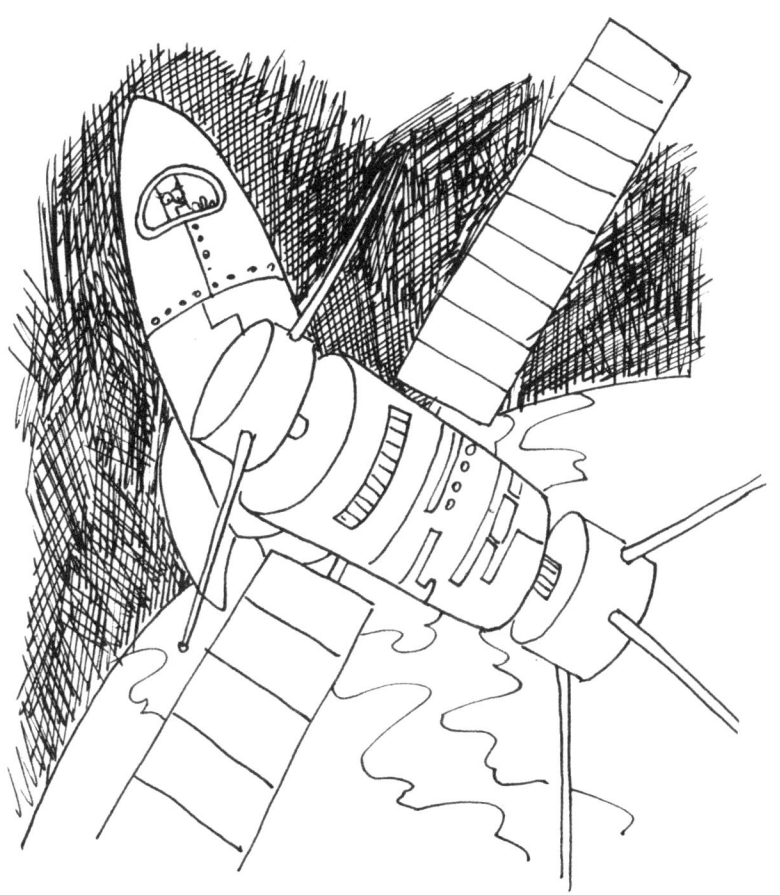

를 내려다봤다. 바다에 둘러싸인 대륙이 선명하게 보였다.

"이곳에서 바라보는 경치는 그야말로 장관이야. 아직도 내가 보이니?"

"아니, 안 보여. 아직도 올라가고 있니?"

"정확히 모르겠어."

페니가 밖을 자세히 살피며 대답했다. 그 순간 페니는 유리창에 뺨이 세게 눌리고 있다는 사실을 깨달았다. 그런데 창문에서 몸을 떼어 내기가 무척 힘이 들었다. 갑자기 온몸이 아주 무겁게 느껴졌다.

"이런! 지금까지와는 뭔가 다른 기분이 들어."

페니가 통신기에 대고 말했다. 하지만 교실에 모여 있는 필기구들이 들은 말은 "이런!"이 전부였다. 그 뒤로는 쉭쉭거리는 기계 잡음만 교실에 울려 퍼졌다.

"페니? 페니! 무슨 일이야?"

수정액이 통신기에 대고 안타깝게 외쳤다. 하지만 이번에도 역시 기계 잡음만 되돌아올 뿐이었다.

폴리와 맥과 얼룩이가 걱정스러운 눈길을 주고받았다.

"통신기가 통신 가능 거리를 벗어난 거야?"

수정액이 스푸트니크와 유리에게 물었다.

"그렇지는 않아. 하지만 귀환 도중에는 통신기가 제대로 작동하지 않는 경우가 종종 있어."

스푸트니크가 고개를 저었다.

"그러면 페니가 지금 돌아오고 있는 거야?"

맥이 다급하게 묻자 스푸트니크가 대답했다.

"아마 그럴 거야."

"얘들아, 서두르는 게 좋겠어."

폴리가 색연필들과 함께 커다란 은색 판에 장식을 하기 시작했다.

"너희들, 지금 그걸로 뭐 하는 거야?"

눈을 동그랗게 뜨고 맥이 물었다.

"너도 참. 뻔한 거 아냐? 그야 당연히 페니의 '무사 귀환 환영' 현수막이지."

폴리가 어깨를 한번 으쓱해 보였다.

"오, 이런! 세상에! 그게 왜 여기 남아 있는 거지?"

맥이 꽥 소리를 질렀다.

창틀에 모여 있던 필기구들과 공구들이 모두 뒤를 돌아보

있다. 맥이 백지장처럼 하얀 얼굴로 색연필들이 열심히 장식 중인 알루미늄포일 조각을 가리키고 있었다. 맥이 겨우 말을 이었다.

"그건 페니가 타고 있는 로켓에 열을 막아 줄 보호막으로

쓸 재료였어. 로켓이 다시 땅으로 돌아올 때 불이 붙지 않게 하려고 말이야. 그런데 그게 왜 여기 있는 거냐고!"

모두들 겁에 질린 얼굴로 서로를 쳐다봤다. 수정액이 손에 쥐고 있는 통신기에서는 여전히 시끄러운 기계 잡음만 들려왔다.

"페니! 페니! 내 말이 들리면 응답하라, 오버!"

수정액이 통신기에 대고 고함을 질렀다.

하지만 로켓에 타고 있는 페니는 아무 소리도 들을 수 없었다. 로켓이 다시 땅으로 떨어지면서 천둥 같은 소리를 냈기 때문이다. 점점 빠른 속도로 떨어지던 로켓이 갑자기 멈춰 섰다. 그리고 그때, 통신기에서 수정액의 다급한 목소리가 터져 나왔다.

"페니! 제발 좀 대답하란 말이야!"

녹초가 된 페니가 남은 힘을 끌어모아 손목을 입으로 가져갔다. 그리고 가까스로 입을 뗐다.

"나, 여기 있어."

교실에 모인 필기구와 공구들이 모두 숨을 죽였다.

"뭐가 보이니'?"

수정액이 물었다.

페니가 창밖을 내다보자 바로 아래쪽에 우주 캠프의 운동장이 보였다. 한가운데 커다란 X 자가 그려진 착륙판도 점점 가까워지고 있었다.

"난 지금 우주 캠프 바로 위에 있어."

페니가 대답했다.

"저길 봐! 페니가 오고 있어!"

얼룩이가 창밖을 가리키며 껑충껑충 뛰었다.

모든 필기구들과 공구들이 창문에 달라붙었다. 정말로 하늘에서 빨간색과 흰색 줄무늬 낙하산을 매단 로켓이 천천히 내려오고 있었다. 모두 만세를 부르며 서로를 얼싸안았다. 운동장에 있는 아이들과 우주 캠프 교관들도 마찬가지였다.

페니가 탄 로켓은 착륙판 한가운데에 사뿐히 내려앉았다.

"수고했다, 페니."

수정액이 말했다.

"랄프와 애쉴링, 수고했습니다."

네뷸러 님이 격려의 말을 전했다.

다른 아이들도 차례로 나와서 로켓을 발사했다. 하지만 연필들이 만든 로켓만큼 높이 날지는 못했다. 오후가 끝날 무렵, 네뷸러 님이 랄프와 애쉴링에게 우승컵을 안겨 주었다.

"너, 우승컵 간직하고 싶니?"

애쉴링이 랄프에게 물었다.

"아니, 그건 당연히 네가 가져야지."

랄프가 웃으며 대답했다.

"그럼 네가 로켓을 갖도록 해."

애쉴링이 제안했다.

우주 캠프에서 돌아온 날 밤, 랄프는 책장 위를 깨끗하게 치웠다. 제일 잘 보이는 곳에 로켓을 놓아둘 생각이었다.

"랄프! 저녁 먹자!"

아래층에서 엄마 목소리가 들려왔다.

랄프는 뿌듯한 표정으로 로켓을 한 번 더 바라봤다. 어찌나 자랑스러운지 저절로 가슴이 쫙 펴지는 것만 같았다. 랄프는 콧노래까지 흥얼거리며 아래층으로 달려갔다.

랄프가 방에서 나가고 몇 초 뒤, 랄프 필통에서 필기구들이 쏟아져 나왔다. 필기구들은 곧장 책장 위로 기어 올라갔다. 그리고 로켓 창문을 가만히 두드렸다.

"이제 밖으로 나와도 돼, 페니."

수정액이 말했다.

페니가 창문 아래쪽과 옆쪽에 붙여 두었던 접착테이프를 살짝 떼어 냈다. 마치 개나 고양이가 다니는 문처럼 창문 아래로 빠져나올 참이었다. 페니는 유리창 아래쪽을 잡아당겨 틈을 만든 다음, 얼른 밖으로 빠져나왔다. 그리고 나자 창문이 다시 탁 하고 닫혔다. 게다가 그 힘 덕분에, 살짝 떨어져 있던 접착테이프가 다시 붙었다!

"정말 잘했어, 페니!"

맥이 반갑게 맞아 주었다.

수정액도 대견한 눈빛으로 페니를 보며 말했다.

"정말 환상적인 비행 작전이었어."

그러고는 괜히 페니를 심각하게 쳐다보며 말을 이었다.

"물론 딱 한 가지 흠이 있기는 했지만."

"그게 뭔데?"

페니가 천진난만한 표정으로 물었다. 그러자 수정액이 창문을 손으로 밀었다. 하지만 접착테이프가 단단히 붙어 있어 꼼짝도 하지 않았다.

"지금도 유리가 창틀에 이렇게 튼튼하게 붙어 있잖아. 네가 안에 있을 때랑 마찬가지로. 그러니까 네가 굳이 로켓에 타야 할 이유가 없었다는 거야. 내 말이 맞지?"

페니의 두 뺨이 붉어졌다.

"아냐, 꼭 그렇지도 않아!"

얼룩이가 끼어들었다.

페니와 수정액이 얼룩이를 빤히 쳐다보았다.

"만약에 페니가 로켓에 타지 않았더라면, 검은 매직펜이 페니 뒤를 헐레벌떡 쫓지 않았을 거야. 그러면 녀석을 녹초로 만들어 버릴 수도

없었을 테고. 그렇지, 페니?"

얼룩이가 굉장히 가슴 벅찬 표정에, 상기된 목소리로 말했다.

"어, 그게, 그러니까……. 맞아, 그게 바로 내가 계획했던 거였어."

페니는 잠시 대답을 망설이다 살짝 거짓말을 했다. 그러고는 시치미를 뚝 떼며 수정액을 향해 괜한 미소를 지어 보였다.

"그럼 이제 뭘 하지?"

수정액이 고개를 갸웃하며 물었다.

"뭘 하긴. 파티를 해야지!"

맥이 큰 소리로 말했다.

스푸트니크와 유리가 양쪽에서 페니를 부축하고 날아올랐다. 그러고는 신나는 음악이 울려 퍼지는 필통 안에 사뿐히 내려앉았다. 필통 안에서는 파티가 한창이었다. 은색 현수막이 멋지게 반짝이는 무사 귀환 환영 파티가!